Nicolai Gogol

O RETRATO

Tradução de ROBERTO GOMES

www.lpm.com.br
L&PM POCKET

Coleção **L&PM** POCKET vol. 1023

Texto de acordo com a nova ortografia.
Título original: *Портрет* (*Portret*)
Esta novela foi publicada no livro *O capote* seguido de *O retrato* na Coleção **L&PM** POCKET, v. 202.
Esta edição na Coleção **L&PM** POCKET: fevereiro de 2012

Capa: Ivan Pinheiro Machado. *Ilustração*: *O desesperado*, por Gustave Courbet (1819-1877), óleo sobre tela.
Revisão: Jó Saldanha, Renato Deitos e Camila Kieling

CIP-Brasil. Catalogação na Fonte
Sindicato Nacional dos Editores de Livros, RJ

G549r

Gogol, Nikolai Vassilievitch, 1809-1852.
O retrato / Nicolai Gogol; Tradução de Roberto Gomes. – Porto Alegre, RS: L&PM, 2012.
64p.   (Coleção L&PM POCKET, v. 1023)

ISBN 978-85-254-2572-0

1. Ficção russa. I. Gomes, Roberto. II. Título. III. Série.

12-0149.   CDD: 891.73
                                CDU: 821.161.1-3

© da tradução, L&PM Editores, 2000, 2012

Todos os direitos desta edição reservados a L&PM Editores
Rua Comendador Coruja, 314, loja 9 – Floresta – 90.220-180
Porto Alegre – RS – Brasil / Fone: 51.3225.5777 – Fax: 51.3221.5380

Pedidos & Depto. Comercial: vendas@lpm.com.br
Fale conosco: info@lpm.com.br
www.lpm.com.br

Impresso na Gráfica e Editora Pallotti, Santa Maria, RS, Brasil
Verão de 2012

Primeira parte

Nenhuma loja do Mercado Chtchukin atraía tanto a multidão quanto a do comerciante de quadros. A bem da verdade, ela oferecia aos olhares curiosos as mais heteróclitas das quinquilharias. Os quadros, expostos em molduras douradas e vistosas, eram na maioria pintados a óleo e recobertos por uma camada de verniz verde-escuro. Um inverno com árvores de alvaiade; um céu abrasado pelo vermelho vivo de um crepúsculo que poderíamos imaginar um incêndio; um camponês flamengo que, com seu cachimbo e seu braço desarticulado, pouco lembrava um ser humano. Estes eram os assuntos em voga. Acrescente-se a isso alguns retratos impressos: os de Khozrev-Mirza[1] com um gorro de astracã; os de não sei que generais, o tricórnio de batalha e o nariz fora de prumo. Por outro lado, como é regra em tais lugares, a fachada era inteiramente revestida com estampas grosseiras, impressas onde o diabo perdeu as botas, mas que no entanto revelam os dons naturais do povo russo. Numa delas pavoneia-se a princesa Milikitrisse Kirbitievna[2]. Em outra, se estende a cidade de Jerusalém, na qual um pincel sem vergonha iluminou de vermelhão as casas, as igrejas,

---

1. Almirante do Império Otomano sob o sultão Mahmud (mais tarde grande vizir), esteve em Petersburgo em 1829 como embaixador extraordinário após o assassinato de Brigoïédov em Teerã, quando se hospedou no palácio de Tauride.
2. A rainha (e não princesa) Milikitrisse é um personagem do conto popular Bova Korolévitch, derivado, por intermédio do italiano e do sérvio, de uma canção de gesta francesa, "Beuves de Hanstone". Milikitrisse (deformação do italiano *meretrice*, cortesã) é mãe de Bova, e encarna a russa, a astúcia feminina.

uma boa parte do sol, até mesmo as mãos cozidas de dois camponeses russos a rezar. Estas obras, que desprezam os compradores, fazem as delícias dos bisbilhoteiros. É sempre possível encontrar, bocejando diante delas, tanto um criado paspalho trazendo da taverna a bandeja onde se encontra o jantar de seu patrão, o qual não correrá o risco de se queimar comendo sopa, quanto um destes "cavalheiros" aposentados que ganham sua vida vendendo canivetes, ou um vendedor ambulante do subúrbio de Okhta[3] carregando um tabuleiro cheio de sapatos velhos. Cada um se extasia a seu modo. Ordinariamente, os mais rudes apontam as imagens com o dedo. Os militares examinam-no com ares dignos. Os jovens lacaios e os aprendizes têm ataques de riso diante das caricaturas, nelas encontrando pretextos para gozações mútuas. As velhas domésticas com seus casacos de lã param para examinar, coisa própria de desempregados, e as jovens vendedoras precipitam-se em sua direção por instinto, como bravas mulheres russas ávidas por compreender o que dizem as pessoas e observar o que elas estão olhando.

Entretanto, o jovem pintor Tchartkov, que atravessava a Galeria, parou também involuntariamente diante da loja. Seu velho casaco e suas roupas mais do que modestas denunciavam o trabalhador obstinado para quem a elegância não tem esta atração fascinante que exerce costumeiramente sobre os jovens. Ele parou portanto diante da loja e, depois de debochar intimamente destas grotescas garatujas, perguntou-se para que elas poderiam ser úteis. "Que o povo russo se deleite a ficar de olho em *Iérouslan Lazarévitch*[4], *O Bêbado e o Glutão*, *Tomás e Jeremias* e outros temas do mesmo porte, isso ainda vai!", disse para si mesmo. "Mas quem diachos pode comprar estes abomináveis borrões, vida rústica flamenga, paisagens estranhamente coloridas com vermelho e azul, que sublinham, infelizmente!, o profundo

---

3. Okhta é um subúrbio de Petersburgo, junto a um pequeno afluente do Neva.
4. Herói de um conto popular, atribuído aos persas, o Roustem das lendas orientais. Os temas citados em seguida são retirados de contos moralistas ou satíricos vindos do Ocidente.

aviltamento desta arte que eles pretendem exaltar. Se ainda fossem ensaios de um pincel infantil, autodidata! Qualquer promessa se destacaria sem dúvida sobre o triste conjunto caricatural. Mas não se via ali senão idiotices, impotência, e esta incapacidade senil que pretende se imiscuir entre as artes em lugar de perfilar entre os trabalhos mais prosaicos; ela permanece fiel a sua vocação introduzindo o artesanato no mundo das artes. Reconhecemos em todas estas telas as cores, a feitura, a mão pesada de um artesão, a mão de um autômato grosseiro e não a mão de um ser humano."

Refletindo diante destes rabiscos, Tchartkov acabara por esquecê-los. Não percebeu nem mesmo que há algum tempo o lojista, um homenzinho com um bigode frisado cuja barba datava de domingo, matraqueava, barganhava, fixando preços sem se perturbar nem um pouco com os gostos e as intenções de sua clientela.

"É como lhes digo: vinte e cinco rublos por estes amáveis camponeses e esta charmosa paisagem. Que pintura, meu senhor, ela simplesmente vos fere os olhos! Acabo de recebê-las do depósito... Ou ainda este *Inverno*, fique com ele por quinze rublos! Só a moldura já vale mais do que isso!"

Neste ponto o vendedor deu um piparote na tela, sem dúvida para mostrar todo o valor daquele *Inverno*.

"Permita que eu o embrulhe e o entregue em sua casa? Onde mora? Ei, garoto!, traga um barbante!

– Um instante, meu bom homem, vamos com calma!, disse o pintor voltando a si, vendo que o finório já estava amarrando os quadros para a venda."

E como sentia algum constrangimento em sair com as mãos vazias depois de ter ficado por tanto tempo parado dentro da loja, acrescentou em seguida:

"Espere, vou verificar se lá dentro encontro algo que me agrade."

Ele se abaixou para retirar, de uma enorme pilha jogada a um canto, velhos quadros empoeirados e sujos que não mereceriam evidentemente qualquer consideração.

Lá estavam velhos retratos de família, da qual nunca foi possível, é claro, encontrar os descendentes; quadros cujas telas rasgadas já não permitiam reconhecer do que tratavam; molduras descoloridas; em resumo, um amontoado de velharias. Nosso pintor já não as examinava criteriosamente. "Talvez", dizia a si mesmo, "descubra por aí alguma coisa." Mais de uma vez havia escutado conversas a respeito de descobertas surpreendentes que falavam de obras-primas achadas entre monturos de saldos.

Observando onde ele enfiava o nariz, o vendedor deixou de importuná-lo e, reassumindo a pose, voltou à sua função habitual ao lado da porta. Convidava, através de gestos ou de palavras, os transeuntes a entrar em seu estabelecimento.

"Por aqui, por favor, senhor. Entrem, entrem. Vejam que belos quadros recém-chegados da sala dos mais vendidos."

Quando já se sentia cansado de colocar os bofes para fora, frequentemente em vão, e depois de tagarelar até se fartar com o belchior em frente, também ele plantado no portal de seu covil, lembrou-se subitamente do cliente esquecido no interior da loja.

"E então, meu caro senhor", disse ao encontrá-lo, "achou algo que lhe interesse?"

Há algum tempo o pintor estava plantado diante de um quadro cuja enorme moldura, outrora magnífica, não exibia mais do que uns farrapos de dourado. Tratava-se do retrato de um velho vestido com um imenso traje asiático. O calor intenso do meio-dia consumia seu rosto bronzeado, apergaminhado, com maçãs salientes, e cujos traços pareciam ter sido concebidos num momento de agitação convulsiva. Por mais empoeirada, por mais deteriorada que estivesse aquela tela, Tchartkov, após limpá-la superficialmente, nela reconheceu a mão de um mestre.

Ainda que parecesse inacabada, a força das pinceladas revelava-se estupefaciente, sobretudo nos olhos, olhos extraordinários aos quais o artista havia dedicado seus maiores cuidados. Aqueles olhos estavam realmente dotados de "visão", uma visão que emergia do fundo do quadro e cuja estranha vivacidade parecia até mesmo conflitar com a harmonia do conjunto. Quando Tchartkov aproximou o retrato da porta, o olhar tornou-se ainda mais intenso e até mesmo a multidão se sentiu fascinada.

"Ele enxerga! Ele enxerga!", gritou uma mulher, recuando.

Cedendo a um indefinível mal-estar, Tchartkov colocou o quadro no chão.

"Então, vai levar?, perguntou o vendedor.

– Quanto?, perguntou o pintor.

– Ora, não é caro! Setenta e cinco copeques[5].

– Não.

– Quanto daria?

– Vinte copeques, disse o pintor, prestes a sair.

– Vinte copeques! Está brincando! Só a moldura vale isso! Tem, é claro, a intenção de comprá-lo só amanhã... Senhor, meu senhor, reconsidere: acrescente ao menos dez copeques... Verdade, é apenas para que o senhor faça a estreia de minha loja. Tem a honra de ser meu primeiro comprador.

E fez um gesto que significava: Ora, tanto pior! Eis um quadro perdido!"

Por mera casualidade, Tchartkov acabara de arrematar o velho retrato. "Ah!", pensava, "por que diachos o comprei? Que necessidade tenho dele?" Mas sentiu-se obrigado a ir até o fim. Retirou do bolso uma moeda de vinte copeques, entregou-a ao vendedor e carregou o quadro debaixo do braço. Já a caminho, lembrou-se, não sem algum enfado, que aquela moeda era a última que tinha. Uma vaga tristeza invadiu-o: "Deus, como este mundo é malfeito!", disse ele com a convicção de um russo cujos negócios não são os mais brilhantes. Insensível a tudo, caminhava dando grandes passadas mecânicas. O crepúsculo cobria ainda a metade

---

5. Moeda russa, de cobre, que vale a centésima parte do rublo.

do céu, acariciando com um pálido reflexo os edifícios voltados para o poente. Mas logo a lua liberaria seus raios frios e azulados; logo as casas, os transeuntes, projetariam sombras suaves, quase transparentes, sobre o solo. Pouco a pouco, o céu, que difundia uma claridade duvidosa, diáfana e frágil, aprisionou os olhos do pintor, enquanto sua boca deixava escapar, quase simultaneamente, exclamações do gênero: "Que tons delicados!", ou "Puxa, que tolice cretina!" A seguir, ele apressou o passo, ajeitando o quadro que escorregava a todo momento de suas axilas.

Cansado, esfalfado, suando em bicas, chegou afinal em sua casa localizada na Décima Quinta Linha, em frente à Ilha Basile[6]. Venceu com muito custo as escadarias onde, entre ondas de águas servidas, cães e gatos haviam deixado respeitáveis lembranças de suas passagens. Bateu à porta. Como ninguém respondesse, encostou-se na janela e esperou pacientemente ressoarem atrás dela os passos de um sujeito usando uma camisa azul, um faz-tudo que lhe servia de modelo, moía suas cores e varria, quando era o caso, o assoalho, o qual suas botas imundas sujavam a seguir. Quando seu patrão estava ausente, este personagem, que se chamava Nikita, passava a maior parte do tempo na rua. A escuridão impediu-o por instantes de introduzir a chave no buraco da fechadura. Mas afinal ele o conseguiu. Então Tchartkov pôde colocar os pés em sua antessala, onde reinava um frio intenso, como na casa de todos os pintores, que de certo prestam pouca atenção a este inconveniente. Sem entregar sua capa a Nikita, entrou em seu ateliê, uma ampla peça quadrada, num nível mais baixo do que o piso, com vidraças cobertas de gelo, atulhada de todo tipo de quinquilharias artísticas: fragmentos de um braço de gesso, telas armadas, esboços abandonados, panos dependurados em cadeiras. Muito fatigado, retirou a capa, colocou distraidamente o retrato entre duas pequenas telas e desabou

---

6. A Ilha Basile, no extremo oeste de Petersburgo, é cortada por ruas paralelas, ou *Linhas*, indicadas por números.

sobre seu pequeno divã, do qual não seria possível dizer que estivesse revestido com couro. A fila de taxinhas que um dia fixara o tal couro já se desfizera há muito. Assim, Nikita podia agora escamotear por debaixo dele as meias pretas, as camisas, toda a roupa branca suja de seu patrão. Quando se esticou, tanto quanto era possível se esticar naquele divã estreito, Tchartkov pediu uma vela.

"Não temos, disse Nikita.
– Como?
– Ora, ontem já não havia nenhuma!"

O pintor lembrou-se que de fato "ontem já" não restava mais nenhuma vela. Achou melhor se calar, deixou-se despir e enfiou seu velho roupão, o qual era usado e até mesmo mais do que usado.

"Devo lhe dizer que o proprietário esteve aqui, disse Nikita bruscamente.
– Para reclamar o pagamento?, perguntou Tchartkov com um gesto de impaciência.
– Sim, mas ele não veio sozinho.
– E veio com quem?
– Não sei ao certo... parecia ser um comissário.
– Um comissário? Para fazer o quê?
– Não sei ao certo... parece que tem algo a ver com o vencimento do aluguel...
– E o que deseja comigo?
– Não sei ao certo... 'Se ele não pode pagar', disse ele, 'então é necessário que levante acampamento!' Os dois retornarão amanhã.
– Ora, que retornem!", disse Tchartkov com uma indiferença sombria.

E abandonou-se sem remissão a suas mais negras elucubrações.

Tchartkov era um jovem artisticamente muito bem-dotado e que prometia muito. Seu pincel conhecia acessos bruscos de vigor, de naturalidade, de observações refletidas. "Escute, meu rapaz", dizia-lhe com frequência seu mestre. "Tu tens talento, seria um pecado sufocá-lo. Infelizmente, te falta paciência. Assim que algo te atrai, tu te lanças sobre ele sem cuidar do resto. Atenção, não vás te transformar num pintor da moda: tuas cores já são um tanto vivas, teu desenho não muito seguro, teu traço um tanto delicado. Costumas procurar os efeitos fáceis, as bruscas iluminações à maneira moderna. Cuida-te para não cair no gênero inglês[7]. O mundo te seduz e eu tenho medo disso. Muitas vezes te vejo com um lenço de seda no pescoço, um chapéu muito brilhante... É tentador, sem dúvidas, pintar imagens da moda e pequenos retratos bem-remunerados; mas, creia-me, isso mata o talento em vez de desenvolvê-lo. Paciência. Amadurece longamente cada uma de tuas obras, deixa que os outros arrebanhem o dinheiro; o que é teu não te abandonará de modo algum."

O mestre tinha razão apenas em parte. É certo que o nosso pintor experimentava algumas vezes o desejo de levar uma boa vida, de vestir-se com elegância. Em uma palavra: de ser jovem. Mas ele conseguia quase sempre se controlar. Frequentemente, estando com o pincel nas mãos, ele esquecia tudo e só o largava como se saísse de um sonho delicioso, bruscamente interrompido. Seu gosto se apurava mais e mais. Se não compreendia ainda toda a profundidade de Rafael, se se deixava seduzir pelo toque largo e ágil de Guide, parava diante dos retratos de Ticiano, admirava profundamente os flamengos. As obras-primas antigas ainda não haviam lhe revelado todos os seus segredos. Começava, no entanto, a erguer os céus por detrás dos quais eles se desvelavam aos profanos, ainda que em seu íntimo ele não mais partilhasse plenamente da opinião de seu professor, para quem os velhos mestres planavam a alturas inacessíveis. Até lhe parecia que, em certos aspectos, o século XIX os havia sensivelmente ultrapassado, que a imitação da natureza tornara-se mais precisa, mais viva, mais vigorosa; em resumo, pensava nestes assuntos como um jovem

---

7. Alusão a um pintor inglês, George Dow, que esteve em Petersburgo em 1819, autor de cerca de quatrocentos retratos de heróis de 1812, verdadeira produção em série que o tornou rico.

cujos esforços já haviam sido coroados por algum sucesso e que experimentava um legítimo orgulho de seus feitos. Às vezes, irritava-se ao ver um pintor de paisagens, francês ou alemão, e que talvez nem fosse artista por vocação, impor-se por processos rotineiros, a vivacidade do pincel, a explosão de cores, amealhando uma verdadeira fortuna de hora para outra. Tais pensamentos não o assaltavam nos dias nos quais, mergulhado em seu trabalho, esquecia de beber, de comer e de todo o universo. Só tomavam conta dele nas horas das torturas terríveis, quando não tinha com o que comprar fosse um pincel ou tintas, quando o inoportuno proprietário o caçava da manhã à noite. Então sua imaginação de faminto lhe apresentava como digna de inveja a sorte do pintor rico, e lhe ocorria a ideia bem russa de tudo abandonar para afogar sua tristeza na bebedeira e na libertinagem. Ele estava precisamente passando por um destes maus momentos.

"Paciência! Paciência!", resmungava ele. "A paciência não pode no entanto ser eterna. É muito bonito ser paciente, mas ainda assim é preciso comer no dia seguinte. Quem me emprestará dinheiro? Ninguém! E se eu for vender meus quadros, meus desenhos, não me darão vinte copeques de forma alguma! Estes estudos me foram úteis, bem sei. Nenhum deles foi realizado em vão, cada um deles me ensinou alguma coisa! Mas para que servem todos estes infindáveis ensaios? Quem os comprará sem conhecer o meu nome? Ademais, quem poderá se interessar por desenhos a partir de obras antigas e de modelos, ou então a partir de minha Psique inacabada, ou da perspectiva de meu quarto, do retrato de Nikita, embora, francamente, todos valham mais do que aqueles de não importa que pintor da moda?... Na verdade, por que estou aqui a dar soco em ponta de faca, suando sangue sobre o abc de minha arte, quando poderia brilhar tanto quanto os outros e fazer fortuna tanto quanto eles?"

Ao dizer estas palavras, Tchartkov empalideceu e começou a tremer. Um rosto convulso, que parecia sair da tela que estava a sua frente, fixava nele dois olhos prestes a devorá-lo, enquanto um esgar arrogante exigia silêncio. Tomado de pavor, pensou em gritar, chamar Nikita, que já enchia a sala de espera com seus roncos épicos, mas o grito morreu em seus lábios, dando lugar a uma sonora gargalhada: acabara de reconhecer o famoso retrato, do qual já esquecera e que o clarão do luar que banhava a peça animava com uma vida estranha. Apanhou a tela, examinou-a, retirou com a ajuda de uma esponja quase toda a poeira e a sujeira que nela se acumularam. Depois, quando a dependurou na parede, admirou-se ainda mais com seu extraordinário poder. Agora o rosto estava vivo por inteiro e dirigia a ele um olhar que fez com que subitamente estremecesse, recuando, e balbuciasse:

"Ele vê, ele vê com olhos humanos!"

Uma história que lhe havia sido contada há muito por seu professor veio a sua memória. O ilustre Leonardo da Vinci havia trabalhado exaustivamente, dizem, durante anos num retrato que no entanto continuava a considerar inacabado; porém, a se crer em Vasari, todo mundo a tinha como a obra mais bem-sucedida, a mais perfeita. Seus contemporâneos admiravam sobretudo os olhos, nos quais o grande artista havia conseguido imprimir mesmo as mais imperceptíveis veiazinhas. No caso presente, não se tratava no entanto de um gesto de destreza, mas de um fenômeno estranho que chegava a perturbar a harmonia do quadro. O pintor parecia ter incrustado em sua tela olhos arrancados de um ser humano. Em lugar da nobre alegria que enleva a alma diante da visão de uma bela obra de arte, por mais repugnante que seja o tema, experimentamos diante desta um impacto incômodo.

"O que dizer?", perguntou-se Tchartkov involuntariamente. "Tenho diante de mim a natureza, a natureza viva. Sua imitação pura e simples seria portanto um crime que soaria como um grito discordante? Quem sabe, caso nos mostremos indiferentes, insensíveis com relação a seu tema, abandonando-o necessariamente a sua simples e odiosa realidade, sem que o ilumine a claridade deste pensamento impossível de apreender mas que não se encontra menos latente no fundo de tudo; ele surge da forma que se apresenta a qualquer um que, ávido por compreender a beleza de um ser humano, se arma de um bisturi para dissecá-lo e descobre apenas um espetáculo hediondo? Por que, para um tal pintor, a simples, a vil natureza se envolve em claridade, por que lhe provoca uma alegria deliciosa, como se tudo a sua volta se desenrolasse e se movesse segundo um ritmo mais ágil, mais agradável? Por que, para um outro pintor, que lhe foi no entanto igualmente fiel, esta mesma natureza parece abjeta e sórdida? O erro está na falta de luz. A mais maravilhosa paisagem parece também incompleta quando o sol deixa de iluminá-la."

Tchartkov aproximou-se mais uma vez do retrato para examinar aqueles olhos extraordinários e sentiu, não sem algum terror, que eles o observavam. Não era mais uma cópia da natureza, antes a vida perturbadora com a qual poderia se animar o rosto de um cadáver recém-saído de um túmulo. Seria um efeito da claridade lunar, esta mensageira do delírio que imprime em tudo um aspecto irreal? Não sei, mas ele sentiu um mal-estar súbito por se encontrar sozinho naquela peça. Afastou-se lentamente do retrato, virou-se, fez um esforço para não olhá-lo mais. No entanto, apesar de seu desejo, seu olho, incapaz de desviar-se, retornava sem descanso àquela direção.

Por fim, chegou a ficar com medo de caminhar pela peça: acreditava que alguém o perseguia e se virava temeroso. Sem ser covarde, tinha os nervos e a imaginação por demais sensíveis, e naquela tarde ele não conseguia entender seu medo instintivo. Sentou-se a um canto, mas mesmo assim teve a impressão de que um desconhecido iria se debruçar sobre seus ombros e o encarar. Os roncos de Nikita, que vinham da antecâmara, não dissipavam seu terror. Deixou medrosamente seu lugar, sem erguer os olhos, dirigiu-se à cama e deitou-se. Através das fendas do biombo, podia ver seu quarto iluminado pelo luar, bem como o retrato dependurado na parede em frente e cujos olhos, ainda fixados nele com uma expressão cada vez mais assustadora, pareciam decididos a não observar nada além dele. Ofegante de angústia, levantou-se, pegou um lençol e, aproximando-se do retrato, o cobriu por inteiro.

Um pouco mais tranquilo, deitou-se novamente e começou a pensar em sua pobreza, no destino miserável dos pintores, no caminho semeado de espinhos que deviam percorrer nesta terra. Entretanto, através de uma fenda no biombo, o retrato continuava atraindo invencivelmente seu olhar. Os raios da lua acentuavam a brancura do lençol, através do qual os terríveis olhos pareciam agora transparecer. Tchartkov arregalava os seus, como se quisesse se convencer de que não estava sonhando. Mas não... Via claramente: o lençol havia desaparecido e, desdenhando tudo que o rodeava, o retrato, completamente descoberto, olhava diretamente para ele, mergulhado, sim, esta é a palavra certa, mergulhado nas profundezas de sua alma.

Seu coração gelou. E súbito ele viu o velho mexer-se e, apoiando-se com as duas mãos na moldura, saltar com as duas pernas sobre o chão do quarto. A fenda não permitia senão visualizar a moldura vazia. Um ruído de passos ressoou, aproximando-se. O coração do pobre pintor batia violentamente. A respiração, entrecortada pelo medo, esperava o velho surgir a qualquer momento a sua frente. E de fato apareceu, girando seus olhos enormes no impassível rosto de bronze. Tchartkov quis gritar. Já não tinha voz. Quis mexer-se. Seus membros não se moviam. De queixo caído, a respiração curta, ele contemplava o estranho fantasma cuja alta estatura estava envolta em suas bizarras vestes asiáticas. O que será que ele iria fazer? O velho sentou-se junto a seus pés e retirou um objeto escondido sob as dobras de suas largas roupas. Era um saco. Desatou o nó, esticou-o pelos dois lados, sacudiu-o. Pesados cilindros, semelhantes a finas colunetas, caíram produzindo um som surdo. Cada um deles estava envolto por um papel azul e trazia a inscrição: "1.000 ducados"[8]. O velho retirou as mãos ossudas das

---

8. Moeda de ouro usada em vários países.

largas mangas de sua veste e começou a estender os rolos. Peças de ouro brilharam. Superando o indescritível terror, Tchartkov, imóvel, percorreu com os olhos aquele ouro, observou-o a remexer-se com um retinir agudo entre as mãos descarnadas, cintilar, desaparecer. Súbito, percebeu que um dos rolos havia deslizado até o pé da cama, junto de sua cabeceira. Controlou-se quase convulsivamente e, em seguida, assustado com sua audácia, lançou um olhar medroso na direção do velho. Mas este parecia estar muito ocupado: havia embrulhado todos os seus rolos e os colocava novamente no saco. Em seguida, sem mesmo lhe dirigir um olhar, caminhou para o outro lado do biombo. Atento aos ruídos de passos que se afastavam, Tchartkov sentia seu coração bater em golpes bruscos. Apanhou o rolo com uma mão crispada e seu corpo tremia por inteiro com o pensamento de que poderia perdê-lo. Súbito os passos se aproximaram: o velho certamente percebera que um dos rolos estava faltando. E novamente o terrível olhar atravessou o biombo e colocou-se sobre ele. O pintor fechou o rolo em suas mãos com todas as forças do desespero. Fez um esforço supremo para mexer-se, soltou um grito e... acordou.

Um suor gélido inundava seu corpo. Seu coração batia como se fosse explodir. De seu peito oprimido parecia estar prestes a sair o último suspiro. "Então era um sonho?", perguntou a si mesmo, segurando a cabeça com as duas mãos. No entanto, a assustadora aparição tinha tudo de real. Agora que já não dormia, não via o velho retornar à moldura, não percebia o tecido de sua ampla vestimenta, enquanto sua mão guardava ainda a sensação do peso que havia segurado há poucos instantes? O luar ainda atravessava o quarto destacando das sombras uma tela aqui, uma mão de gesso ali, uns panos abandonados sobre uma cadeira, uma calça, botas não engraxadas. Somente neste momento, Tchartkov percebeu que já não estava deitado em sua cama, mas plantado diante do quadro. Não conseguia saber nem como aí chegara nem como o quadro estava a sua frente inteiramente descoberto: o lençol havia desaparecido. Contemplava com um terror petrificado aqueles olhos vivos, aqueles olhos humanos fixados nele. Um suor frio inundou seu rosto. Queria se afastar, mas seus pés pareciam pregados ao chão. E ele viu – não, não se tratava de um sonho –, viu os traços do velho se mexerem, seus lábios estenderem-se na sua direção como se quisessem sugar o ar... Saltou para trás, soltando um grito assustador e, subitamente... acordou.

"Mas como! Era novamente um sonho!" O coração prestes a explodir, às apalpadelas verificou que estava de fato deitado em sua cama, na mesma posição em que havia dormido. Através da fenda do biombo, que estava a sua frente, o luar lhe permitia ver o retrato, ainda recoberto cuidadosamente com o lençol. Fora um novo sonho. No entanto, sua mão crispada ainda parecia segurar alguma coisa. Sua respiração aos solavancos, seus batimentos cardíacos tornaram-se insuportáveis. Além da fenda, enxergou o lençol e o olhar. Súbito, viu que este claramente se abria, como se mãos atrás do quadro procurassem puxá-lo. "Que está acontecendo, meu Deus?", gritou, fazendo o sinal da cruz desesperadamente e... acordou.

Ainda se tratava de um sonho! Desta vez ele saltou do leito, meio enlouquecido, incapaz de entender o que ocorria: tratava-se de um pesadelo, de um delírio, de uma visão? Procurando acalmar um pouco sua perturbação e as pulsações desordenadas de suas artérias, aproximou-se da janela e abriu o postigo. Uma brisa perfumada reanimou-o. O luar banhava os telhados e as paredes brancas das casas, enquanto pequenas nuvens corriam, cada vez mais numerosas, pelo céu. Tudo estava calmo, de tempos em tempos subia de uma ruela invisível o sacolejar distante de um fiacre, cujo cocheiro dormitaria sem dúvida ao balanço de seu pangaré preguiçoso, à procura de algum cliente retardatário. Tchartkov ficou muito tempo a olhar, a cabeça para fora da janela. Os sinais anunciadores da aurora já emergiam no firmamento quando sentiu o sono vencê-lo.

Fechou o postigo, retornou à sua cama, deitou-se e dormiu. Profundamente, desta vez.

Acordou muito tarde, a cabeça pesada, vítima daquele mal-estar que experimentamos num quarto enfumaçado. Um dia pálido, uma desagradável umidade insinuando-se no ateliê por meio das frestas das janelas, cobrindo as telas e os quadros. Sombrio e enfastiado como um pinto molhado, Tchartkov sentou-se em seu sofá esfarrapado. Já não sabia o que fazer quando, súbito, o sonho voltou inteiro à sua mente e sua imaginação fez com que o revivesse com uma intensidade tão poderosa que terminou se perguntando se por acaso não teria realmente visto o fantasma. Retirando em seguida o lençol, examinou o retrato à luz do dia. Se os olhos ainda surpreendiam por sua vida extraordinária, não descobriu neles nada de particularmente assustador. Apesar disso, um sentimento incômodo, inexplicável, permanecia no fundo de sua alma: não conseguia convencer-se de que realmente sonhara. Em todo caso, uma estranha parte de realidade deveria ter se insinuado neste sonho: o próprio olhar e a expressão do velho pareciam confirmar sua visita noturna. A mão do pintor experimentava ainda o peso de um objeto que lhe fora arrancado havia poucos instantes. E se houvesse segurado o rolo mais fortemente? Sem dúvida o teria conservado em suas mãos, mesmo depois de despertar.

"Meu Deus, será que não tive em minhas mãos ao menos uma parte deste ouro?", disse, soltando um profundo suspiro. Reviu saírem do saco os rolos com a inscrição sedutora: "1.000 ducados". Eles se abriam, espalhando seu ouro, depois se fechavam, desapareciam, enquanto se sentia estúpido, os olhos fixos no vazio, incapaz de sair deste espetacular pesadelo, como uma criança que fica com a boca cheia de água ao ver os outros saborearem um doce de leite que lhe é interditado.

Uma batida à porta fez com que voltasse súbito à realidade. E seu proprietário entrou, acompanhado do comissário do quarteirão, personagem cuja aparição é, como ninguém o ignora, mais desagradável aos olhos de pessoas pobres do que a visão de um coletor de impostos para as pessoas ricas. O tal proprietário assemelhava-se a todos os proprietários de imóveis situados na Rua Décima Quinta da Ilha Basile, em algum canto da Velha Petersburgo ou no fundo do subúrbio de Koloma. Era um destes indivíduos – numerosos em nossa boa Rússia – cujo caráter seria tão difícil de definir quanto a cor de uma sobrecasaca usada. Nos tempos distantes de sua juventude, havia sido capitão no exército e mais não sei o que como civil. Grande vociferador, grande fustigador, virador e janota. No fim das contas, um mentecapto. Depois que envelhecera, todas estas particularidades distintivas haviam se fundido num conjunto indecifrável. Viúvo e aposentado, já não se fazia de valentão ou de gabola, nem de truculento. Gostava tão somente de tomar chá enquanto vendia toda espécie de bobagens. Andava de lá para cá em seu quarto, cumpria suas pequenas tarefas e, nos dias trinta de cada mês, ia exigir o dinheiro de seus locatários. Saía à rua, a chave nas mãos para examinar a propriedade, expulsava o porteiro de seu covil, quando o pobre-diabo aí se escondia para tirar uma soneca. Em resumo, era um homem aposentado que, após ter cometido todas as loucuras durante a mocidade, não guardava a não ser hábitos mesquinhos.

"Verifique o senhor mesmo, Baruch Kouzmitch, disse o proprietário abrindo os braços: ele não paga o aluguel! Não paga!

– E o que o senhor quer que eu faça? Não disponho de dinheiro no momento. Tenha um mínimo de paciência!"

O proprietário soltou altos brados.

"Paciência! Impossível, meu amigo. Sabe quem são meus locatários, senhor? O tenente-coronel Potogonkin, senhor, e isso há sete anos, se me permite! A Senhora Anna Pétrovna Boukhmistérov, uma pessoa que tem três criadas, senhor, a quem alugo igualmente meu depósito e uma estrebaria com duas cocheiras. Em minha casa, veja bem, pagamos nossos compromissos, é o que lhe digo com toda franqueza. Queira portanto resolver-se de imediato e, ademais, sair de minha casa sem demora.

– Sim, evidentemente, já que o senhor a alugou, deve pagar a quantia combinada, disse o comissário com um leve meneio de cabeça, um dedo enfiado por detrás de um botão de seu uniforme.

– Como deseja que eu a pague? Não tenho um tostão sequer.

– Neste caso, quem sabe possa recompensar Ivan Ivanovitch com trabalhos de sua profissão. Ele talvez aceite ser pago em quadros?

– Em quadros? Muito obrigado, meu caro! Ainda se fossem pinturas com temas nobres, que pudéssemos colocar na parede: um general e suas condecorações, o príncipe Koutouzov, ou algo deste gênero! Mas não, este senhor não pinta senão miseráveis. Veja, eis aqui o retrato do galhardo sujeito que mói suas tintas. Quem teria a ideia de tomar como modelo um patife deste porte! Esse sujeito me dá vontade de lhe lascar umas pancadas. Foi capaz de retirar todos os pregos das dobradiças de minhas portas, o bandido!... Olhe estes temas!... Observe, este é seu quarto: se ao menos ele o mantivesse limpo e bem-arrumado; mas não, ele o pinta com todas as sujeiras que arrasta aqui para dentro. Observe por um momento como ele foi capaz de emporcalhar esta peça. Olhe, olhe o senhor mesmo... Eu, em cuja casa pessoas de bem vivem há mais de sete anos: um tenente-coronel, a senhora Boukhmistérov... Não, decididamente, não existe um locatário pior do que um artista: isso vive como um porco! Deus nos livre de algum dia viver tal tipo de vida!"

O pobre pintor foi obrigado a ouvir pacientemente todas estas baboseiras. Enquanto isso, o comissário bisbilhotava estudos e quadros. Era possível perceber que sua alma, muito mais viva do que aquela do proprietário, era capaz de ser sensível à beleza artística.

"Arrá!", fez ele, apontando com um dedo uma tela sobre a qual estava pintada uma mulher nua. "Eis aí um tema mais... divertido... E aquele pobre homem lá, por que tem uma mancha negra no nariz? Por acaso se sujou com tabaco?

– É a sombra, respondeu secamente Tchartkov sem voltar os olhos para ele.

– Você deveria colocá-la em outro lugar. Sobre o nariz é por demais visível, disse o comissário. E este aqui, quem é?, continuou, aproximando-se do famoso retrato. Dá medo de olhar para ele. Ele tinha na verdade um ar tão terrível? Ah, mas ele nos olha, simplesmente nos olha! Que bicho-papão! Quem lhe serviu de modelo?

– Oh, foi um..., quis dizer Tchartkov, mas um estalo lhe cortou a palavra.

Com suas pesadas mãos de meganha, o comissário havia sem dúvidas apertado com demasiada força a moldura. A guarnição cedeu. Um lado caiu por terra e, ao mesmo tempo, um rolo envolto em papel azul, tilintando fortemente. A inscrição "1.000 ducados" saltou aos olhos de Tchartkov. Ele se precipitou como um insano sobre o rolo, agarrou-o, apertou-o convulsivamente em suas mãos, que cederam ao peso do objeto.

"Não foram moedas que tilintaram?", perguntou o comissário.

Ele havia ouvido bem que algo caíra sem que a prontidão de Tchartkov lhe permitisse saber exatamente do que se tratava.

"No que isso lhe interessa?

– No seguinte. O senhor deve um pagamento ao seu proprietário e, tendo dinheiro, está se recusando a pagar. Compreendeu?

– Está bem. Farei o pagamento hoje mesmo.

– E então por que, se pode me dizer, se recusou a fazê-lo anteriormente? Por que causou um aborrecimento a este homem tão digno... e à polícia, além de tudo?

– Porque eu não queria tocar neste dinheiro. Mas eu repito que acertarei minha dívida esta noite mesmo. E deixarei, a partir de amanhã, a sua casa, pois não quero mais depender de um tal proprietário.

– Então, Ivan Ivanovitch, ele irá pagar... E, caso não lhe dê inteira satisfação, hoje à noite... então, senhor artista, terá um problema conosco."

Dito isso, ele se cobriu com seu chapéu de três bicos e ganhou a antecâmara, seguido pelo proprietário, que ia de cabeça baixa e tinha um ar sonhador.

"Que alívio, graças a Deus!", exclamou Tchartkov, ao escutar a porta de entrada ser fechada.

Lançou um rápido olhar para antecâmara. Mandou que Nikita fosse dar uma volta para que pudesse ficar completamente sozinho. Retornando ao ateliê, o coração palpitando, abriu seu tesouro. O rolo, semelhante em tudo àquele que vira em sonho, continha exatamente mil ducados, novinhos em folha e escaldantes como fogo. "Não será acaso um sonho?", perguntou-se ele, ainda contemplando, meio louco, este monte de ouro, que apalpava perdidamente, sem recuperar o senso. Histórias de tesouros escondidos, de caixinhas em gavetas secretas legadas por ancestrais a descendentes cuja ruína pressentiam, assaltavam furiosamente sua imaginação. Acreditou estar diante de um caso deste tipo: sem dúvidas, algum avô terá imaginado deixar a seu neto este presente, trancafiado na moldura de um retrato de família. Arrastado por um delírio romanesco, chegou a se perguntar se não haveria aí uma ligação secreta com seu próprio destino: a existência do retrato não estaria ligada a sua, bem como a sua aquisição predestinada? Examinou muito atentamente a moldura: uma ranhura havia sido feita em um dos lados, posteriormente recoberta com uma tabuinha, mas com tanta habilidade e de modo tão pouco perceptível que, não fossem as pesadas patas do comissário, os ducados seguiriam repousando ali até a consumação dos séculos. Deixando de prestar atenção à moldura, voltou-se para a tela e admirou mais uma vez sua soberba execução e, particularmente, o extraordinário acabamento dos olhos: ele os olhava agora sem medo, mas ainda com um certo mal-estar.

"Vamos lá, disse a si mesmo, de quem quer que sejas avô, te colocarei um vidro e, em troca desta te darei uma bela moldura dourada."

Dizendo isso, deixou cair a mão sobre o monte de ouro esparramado a sua frente. Seu coração acelerou os batimentos.

"Faço o quê?", perguntou-se, percorrendo-o com os olhos. "Isso assegura minha vida por três anos ou pouco menos. Tenho com o que comprar tintas, pagar meu jantar, meu chá, minha manutenção, meu alojamento. Posso trancar-me em meu ateliê e aí trabalhar tranquilamente, sendo que ninguém virá mais me importunar. Vou adquirir um excelente manequim, encomendar um torso de gesso e nele modelar as pernas, isso me dará uma Vênus. Comprar enfim gravuras que reproduzam os melhores quadros. Se eu trabalhar três anos sem me afobar, sem pensar na venda, poderei me tornar um bom pintor."

Eis o que lhe ditava a razão, mas no fundo dele mesmo erguia-se uma voz mais poderosa. E, quando tornou a lançar um olhar sobre o monte de ouro, seus vinte e dois anos, sua ardente juventude fizeram tilintar uma outra linguagem. Tudo aquilo que ele havia contemplado até então com olhos de inveja, tudo aquilo que havia admirado de longe, com água na boca, estava agora a seu alcance. Ah, como seu coração ardente se pôs a bater tão logo este pensamento lhe ocorreu! Vestir-se na última moda, fazer uma farra depois de todos aqueles longos dias de jejum, alugar um belo apartamento, ir seguidamente ao teatro, aos cafés, aos... Já havia saltado sobre seu ouro e se encontrava na rua.

Entrou antes de mais nada num alfaiate e, uma vez vestido dos pés à cabeça, não parou mais de se admirar como uma criança. Alugou sem pechinchar o primeiro apartamento que se encontrava livre na Perspectiva, um apartamento magnífico com grandes cortinados e janelas de um só vidro. Comprou perfumes, cremes, um binóculo de bolso muito caro com o qual não tinha o que fazer e muitas gravatas das quais não tinha necessidade. Encrespou os cabelos num cabeleireiro, percorreu a cidade duas vezes num landau[9] sem a menor necessidade, entupiu-se de bombons numa confeitaria, e foi jantar num restaurante francês, sobre o qual tivera até então noções tão vagas quanto a respeito do imperador da China. Jantando, fizera grande pose, olhara

---

9. Carruagem com quatro rodas e capota conversível.

de cima para baixo seus vizinhos e ajeitara sem parar seus cachos olhando-se no espelho que estava a sua frente. Encomendou uma garrafa de champanhe, necessidade que não conhecia exceto pela reputação, e que lhe subiu ligeiramente à cabeça. Retornou à rua de muito bom humor e se deu ares de conquistador. Deambulou pelas calçadas de forma descontraída e alegre, apontando seu binóculo sobre os passantes. Viu sobre a ponte seu antigo mestre e passou altivo diante dele, como se nunca o tivesse visto: o bom homem permaneceu por um bom tempo bestificado, o rosto transformado num ponto de interrogação.

Naquela mesma noite, Tchartkov fez transportarem seu cavalete, suas telas, seus quadros, todas as suas coisas para o soberbo apartamento. Após haver disposto bem à mostra tudo que tinha de melhor, amontoou o resto num canto e se pôs a percorrer as dependências lançando frequentes olhadelas aos espelhos. Sentiu brotar em si o desejo invencível de violentar a glória e de mostrar ao universo aquilo de que era capaz. Acreditava já ouvir os gritos: "Tchartkov! Tchartkov! Já viu o quadro de Tchartkov? Que pincelada firme e rápida! Que talento vigoroso!" Um êxtase febril levava-o Deus sabe aonde.

Na manhã seguinte, pegou uma dezena de ducados e foi solicitar a colaboração generosa de um diretor de jornal em voga[10]. O diretor recebeu-o cordialmente, tratou-o como "querido mestre", apertou suas mãos, quis saber em detalhes seu nome, prenome e domicílio. E no dia seguinte, o jornal publicava, ao lado de um anúncio que enaltecia as qualidades de uma nova vela, um artigo intitulado: "O extraordinário talento de Tchartkov".

"Apressamo-nos em cumprimentar os habitantes esclarecidos de nossa capital: acabam de fazer uma aquisição que nos permitimos qualificar de magnífica sob todos os pontos de vista. Cada um de nós sabe que contamos entre nós com um grande número de rostos charmosos e belas

---

10. Gogol provavelmente se refere ao jornal *A Abelha do Norte*, dirigida por seu inimigo literário Th. Boulgarine.

fisionomias. Mas ainda não dispúnhamos de meios de fazê-los passar à posteridade através da intervenção miraculosa de um pincel. A partir de agora esta lacuna está preenchida: surgiu um pintor que reúne todas as qualidades necessárias. Doravante nossas beldades estarão seguras de se tornarem em toda sua graça deliciosa, etérea, encantadora, semelhantes às borboletas que adejam entre as flores da primavera. O respeitável pai de família ver-se-á rodeado de todos os seus. O negociante, tanto quanto o militar, o homem de estado como o mais simples cidadão, cada um continuará sua carreira com um zelo redobrado. Apressem-se, apressem-se, dirijam-se a sua casa, quando do retorno de uma caminhada, de uma visita a um amigo, a uma prima, a uma bela loja. Apressem-se em ir até lá, venham de onde vierem. Encontrarão em seu magnífico ateliê (Perspectiva Nevski, nº***) uma multidão de retratos dignos dos Van Dyck e dos Ticianos. Mal conseguimos decidir o que devemos admirar mais neles: o vigor do toque, a luminosidade da palheta ou a semelhança com o original. Seja louvado, ó pintor, você tirou um número premiado na loteria! Bravo, André Pétrovitch! (O jornalista evidentemente amava a familiaridade.) Trabalhai em benefício da sua e da nossa glória. Sabemos apreciar seu trabalho. A afluência do público e a fortuna (ainda que alguns de nossos confrades se voltem contra ela) serão sua recompensa."

Tchartkov leu e releu este anúncio com um prazer secreto; seu rosto brilhava. Enfim a imprensa falava dele! A comparação com Van Dyck e Ticiano tocou-o enormemente. A exclamação "Bravo, André Pétrovitch!" não chegou a desagradá-lo: os jornais referiam-se a ele com intimidade e pelo primeiro nome. Que honra insuspeita! Tomado pela alegria, percorreu seu ateliê numa caminhada sem-fim, desgrenhando seus cabelos com mãos nervosas, até que se deixou desabar numa cadeira. Depois saltou e se instalou sobre o sofá, ensaiando o modo como iria receber seus visitantes. A seguir, aproximou-se de uma tela, esboçando gestos suscetíveis de dar destaque tanto ao charme de sua mão quanto à criatividade de seu pincel.

No dia seguinte, bateram em sua porta. Correu para abri-la. Uma senhora entrou, seguida por uma jovem de dezoito anos, sua filha. Um criado vestido com um libré[11] com forro de pele as acompanhava.

"É o senhor Tchartkov?", perguntou a mulher.

O pintor inclinou-se.

"Fala-se muito do senhor; diz-se que seus retratos são o auge da perfeição."

Sem esperar resposta, a senhora, empunhando sua luneta de mão, avançou num passo ligeiro e começou a examinar as paredes, que no entanto encontrou vazias:

"Onde estão afinal os seus retratos?, perguntou ela.

– Foram levados..., disse o pintor ligeiramente confuso. Fiz minha mudança há pouco..., nem tudo está aqui.

– Esteve na Itália?, perguntou a senhora apontando a luneta em sua direção, à falta de outro objeto.

– Não... ainda não... Tenho a firme intenção... mas adiei minha viagem... Mas, eis aqui as cadeiras. A senhora deve estar cansada.

– Obrigada, fiquei muito tempo sentada em meu carro... Ah, ah, afinal vejo uma de suas obras!", gritou ela, dirigindo desta vez a sua luneta na direção da divisória contra a qual Tchartkov havia encostado seus estudos, seus retratos, seus ensaios de perspectiva. Ela aproximou-se deles rapidamente. "*É encantador. Lise, Lise, venha cá.*"[12] Um interior à maneira de Téniers. Está vendo? Desordem, desordem por todo lado; uma mesa e um busto sobre ela, uma mão, uma palheta... e mesmo aí, poeira... Está vendo, está vendo a poeira? *É encantador...* Veja, uma mulher que lava seu rosto! *Que bela figura!*... Ah, um mujique!... Lise, Lise, veja: um mujiquezinho com uma blusa russa! Eu imaginei que o senhor pintasse somente retratos.

---

11. Uniforme de criados em casas nobres.
12. As palavras ou frases em itálico estão em francês ou italiano no original russo.

– Ora, tudo isso aí não passa de quinquilharias... Coisas com as quais me distraio... Simples estudos!

– Diga-me, o que pensa dos retratistas contemporâneos? Também julga que nenhum deles chega perto de Ticiano? Já não encontramos aquela força das cores, aquela... Que pena que eu não possa expressar meus pensamentos em russo!" A senhora, apaixonada por pintura, havia percorrido com sua luneta todas as galerias da Itália... "Entretanto, o senhor Nol... Ah, este sujeito, como pinta!... Creio que seus rostos chegam a ser mais expressivos do que os de Ticiano!... O senhor não conhece o senhor Nol?

– Quem é este Nol?

– O senhor Nol? Ah, que talento! Ele pintou o retrato de Lise quando ela tinha doze anos... É absolutamente indispensável que o conheça. Lise, mostre a ele o seu álbum. Como já percebeu, estamos aqui para que o senhor comece o seu retrato o mais rápido possível.

– Claro!... Imediatamente!"

Num piscar de olhos ele aproximou seu cavalete, já com uma tela, apanhou sua palheta, fixou seu olhar sobre o rosto pálido da jovem. Qualquer conhecedor do coração humano teria de imediato decifrado em seus traços: uma mania infantil pelo bailes; não poucos problemas e queixas ao longo da vida, tanto antes quanto depois do jantar; um vivo desejo de exibir suas roupas novas nos passeios; os pesados traços de uma aplicação indiferente a qualquer das artes incentivadas por sua mãe com vistas à formação de sua alma. Mas Tchartkov não via nesta figura delicada mais do que uma transparência de carnes que lembravam a porcelana preparada para se aplicar o pincel. Uma flacidez melancólica, o pescoço fino e branco, o talhe de uma elegância aristocrática seduziam-no. Preparou-se para superar-se, para mostrar o brilho, a leveza de um pincel que não havia tido à disposição até o presente exceto modelos com traços toscos além de cópias de grandes mestres. Já podia ver este gentil rostinho ser conquistado por ele.

"Sabe o quê?, fez a senhora, cujo rosto assumiu um ar

quase comovedor. Eu queria... Ela está vestida com... Eu preferia, veja bem, não vê-la pintada usando uma roupa à qual já estamos habituados. Gostaria que estivesse vestida com simplicidade, sentada à sombra de folhagens, no meio de alguma pradaria... com um rebanho ou um bosque à distância..., que não fique com um ar de quem está indo a um baile ou a uma festa da moda. Os bailes, eu lhe confesso, são mortais para nossas almas. Atrofiam aquilo que ainda nos resta de sentimentos... Seria necessário, veja bem, mais simplicidade." (Os rostos de cera da mãe e da filha provavam, infelizmente, que haviam frequentado um pouco demais aos tais bailes.)

Tchartkov começou a trabalhar. Instalou seu modelo, refletiu por instantes, tomou seus pontos de referência pontuando o ar com o pincel, fechou um dos olhos, afastou-se ligeiramente para melhor avaliar o efeito. Ao término de uma hora, concluída a seu juízo a fase preparatória, começou a pintar. Inteiramente absorto por sua obra, quase esqueceu a presença de seus clientes aristocráticos e logo cedeu a seus modos de borra-tintas: cantarolava, soltava exclamações, ordenava, sem a menor cerimônia e com um simples movimento de pincel, que seu modelo erguesse a cabeça, o que terminou por fazer com que ela ficasse agitada e desse sinais de uma fadiga extrema.

"Chega por hoje, disse a mãe.

– Mais uns instantes, suplicou o pintor.

– Não, está na hora de irmos... Já são três horas, Lise. Ah, meu Deus, como está tarde!, gritou ela, retirando um pequeno relógio preso por uma corrente de ouro à sua cintura.

– Não mais do que um minuto!, implorou Tchartkov, com uma voz cândida, infantil.

Mas a senhora não parecia nem um pouco disposta a atender, naquele dia, às exigências artísticas de seu pintor. Prometeu, em contrapartida, demorar-se mais tempo da próxima vez.

"É muito angustiante, disse a si mesmo Tchartkov, minha mão começava a se soltar!" Lembrou-se de que, em seu ateliê, na Ilha Basile, ninguém interrompia seu trabalho: Nikita mantinha a pose indefinidamente e chegava até a dormir na mesma posição. Abandonou, despeitado, o pincel e a palheta e se entregou à contemplação de sua tela.

Um cumprimento da grande senhora tirou-o de seu devaneio. Precipitou-se em acompanhar as visitas até a porta da casa. Nas escadas, foi autorizado a visitá-las, convidado para um jantar na semana seguinte. Retornou a sua casa mais tranquilo, inteiramente conquistado pelo charme da grande dama. Até aquele momento havia considerado aqueles seres como inacessíveis, unicamente criados e colocados no mundo para rodar em seus belos veículos, com cocheiros e criados de pé e em grande estilo, não concedendo aos pobres pedestres mais do que olhares indiferentes. E eis que uma destas nobres criaturas havia estado em sua casa para lhe encomendar o retrato de sua filha e convidá-lo a visitar sua aristocrática residência. Uma alegria delirante invadiu-o. Para festejar este grande acontecimento, ofertou a si mesmo um bom jantar, passou uma noitada festejando e novamente atravessou a cidade num landau, como sempre sem qualquer necessidade.

Nos dias seguintes, não conseguiu se interessar por seus trabalhos em andamento. Não fazia mais do que se preparar, esperando o momento em que alguém iria bater à porta. Enfim a grande dama e sua pálida criança chegaram. Fez com que sentassem, aproximou a tela – desta vez com desenvoltura e pretensões à elegância – e começou a pintar. O dia ensolarado, a claridade viva permitiram-lhe perceber sobre seu frágil modelo certos detalhes que, traduzidos para a tela, emprestariam um grande valor ao retrato. Compreendeu que, caso conseguisse reproduzi-los com a mesma perfeição com que lhes eram oferecidos pela natureza, faria alguma coisa de extraordinário. Seu coração começou mesmo a bater ligeiramente quando sentiu que iria exprimir aquilo que ninguém antes dele tinha sido capaz de perceber. Entregue a sua obra, novamente esqueceu-se da origem nobre de seu modelo. Ao ver estes traços tão delicados inteiramente entregues a seu pincel, esta carne maravilhosa, um tanto diáfana, ele quase se sentia desfalecer. Pensava em captar a mais sutil nuança, um leve reflexo amarelo, uma mancha azulada quase invisível sob os olhos. E já copiava uma pequena espinha colocada sobre a testa, quando escutou atrás de si a voz da mamãe:

"– Mas não, vamos lá!... Por que isso? É inútil... Ademais, me parece que em certos lugares o senhor fez... amarelado demais... E aqui, veja, parecem pequenas pintas escuras."

O pintor quis explicar que precisamente estas pintas e estes reflexos amarelados valorizavam o contraste com o rosto agradável e colorido. Ao que lhe foi respondido que não valorizavam coisa nenhuma, que se tratava de uma ilusão de sua parte.

"Permita-me no entanto um ligeiro toque de amarelo, um só, aqui, veja", insistiu o ingênuo Tchartkov.

Não lhe foi permitido nem mesmo isso. Disseram-lhe que Lise não estava muito bem-disposta naquele dia, pois habitualmente seu rosto, que era de uma frescura surpreendente, não exibia o menor sinal de amarelo.

Por bem ou por mal, Tchartkov foi obrigado a apagar aquilo que seu pincel fizera nascer sobre a tela. Alguns traços quase invisíveis desapareceram e com eles desfez-se uma parte da semelhança. Começou a imprimir ao quadro aquela nota mecânica que se pinta de memória e transforma os retratos de seres vivos em figuras friamente irreais, semelhantes a modelos de desenho. Mas o desaparecimento dos tons desagradáveis satisfizeram plenamente a nobre senhora. Ela fez questão de lembrar, no entanto, sua surpresa com o tempo que aquele trabalho estava ocupando. Haviam dito que Tchartkov concluía seus retratos em duas sessões.

O artista não encontrou o que dizer. Largou seu pincel e, quando precisou acompanhar as damas até a porta, permaneceu por um longo tempo imóvel e pensativo diante de sua tela.

Reviu com uma dor estúpida as nuanças leves que havia captado e depois apagado com pinceladas impiedosas. Tomado por estas sensações, afastou o quadro e foi procurar uma cabeça de Psique, que havia esboçado há algum tempo e depois abandonado num canto. Tratava-se de uma figura desenhada com arte, mas fria, banal, convencional. Retomou-a agora com a intenção de nela fixar os traços que conseguiu observar em sua visitante aristocrata e que estavam aprisionados em sua memória. Conseguiu de fato transportá-los para a tela na forma depurada que lhe imprimem os grandes artistas, os quais, embora impregnados de natureza, dela se distanciam para recriá-la. Psique pareceu se reanimar: o que não passava de uma implacável abstração se transformou pouco a pouco num corpo vivo. Os traços da jovem mundana lhe foram involuntariamente comunicados e ela adquiriu com isso aquela expressão particular que dá à obra de arte um toque de inegável originalidade.

Utilizando de detalhes, Tchartkov parecia ter conseguido liberar o caráter geral de seu modelo. Seu trabalho o apaixonava. Entregou-se inteiramente a ele durante vários dias e as duas senhoras o desconcertaram. Antes que ele tivesse tempo de esconder o quadro, elas bateram palmas e deram gritos de alegria.

"Lise, Lise! Ah, que semelhança! Soberbo, soberbo! Que bela ideia teve ao vesti-la com roupas gregas! Ah, que surpresa!"

O pintor não soube como afastá-las daquele equívoco. Sem jeito, abaixando os olhos, ele murmurou:

"É Psique.

– Psique! Ah, encantador!, disse a mãe brindando-o com um sorriso que foi imitado pela filha. Não é, Lise, que não poderia estar melhor como Psique? Que ideia deliciosa! Mas que arte! Poderíamos dizer que se trata de um Correggio! Bem que eu ouvira falar muito do senhor. Li muito a seu respeito, mas, devo admitir? – não sabia que tinha um talento de tal porte. Vamos, é preciso que faça também o meu retrato."

Evidentemente, a boa senhora se via também sob os traços de alguma Psique.

"Tanto pior! Tchartkov disse a si mesmo. Já que não querem ser dissuadidas, Psique passará pelo que desejam."

"Tenha a bondade de sentar por um momento, disse ele. Tenho alguns retoques a fazer.

– Ah, temo que o senhor... Ela está tão semelhante!"

Entendendo que sua apreensão estava ligada sobretudo aos tons amarelos, o pintor apressou-se em acalmar as damas: queria apenas sublinhar o brilho e a expressão dos olhos. Na realidade ele sentia um embaraço extremo e, temendo que não censurassem sua insolência, procurou levar a semelhança o mais longe possível. Com efeito, rapidamente o rosto de Psique assumiu mais e mais claramente os traços da jovem pálida.

"Basta!", disse a mãe, temendo que a semelhança não ficasse tão perfeita.

Um sorriso, o dinheiro, cumprimentos, um aperto de mão bastante cordial, um convite para jantar. Em resumo, mil cumprimentos lisonjeiros pagaram ao pintor por seus sofrimentos.

O retrato foi uma sensação. A dama mostrou-o a seus amigos: todos admiraram – não sem que um leve rubor lhes viesse às faces – a arte com a qual o pintor soubera ao mesmo tempo preservar a semelhança e valorizar a beleza do modelo. E Tchartkov viu-se subitamente assaltado por encomendas. Toda a cidade parecia querer ser retratada por ele. Batiam a cada momento à porta. Evidentemente, a diversidade de todas estas figuras poderia lhe permitir a aquisição de uma prática extraordinária. Infelizmente, eram pessoas difíceis de serem satisfeitas, pessoas apressadas, muito ocupadas, ou criaturas mundanas, quer dizer, ainda mais ocupadas que as demais e por consequência muito impacientes. Todos pretendiam um trabalho rápido e benfeito. Tchartkov compreendeu que nestas condições ele não poderia pesquisar o acabamento. A presteza do pincel deveria tomar o lugar de qualquer outra qualidade. Bastaria captar o conjunto, a expressão geral, sem pretender aprofundar os detalhes, perseguir a natureza até sua perfeição mais íntima. Em outras palavras, cada um – ou quase cada um – de seus modelos tinha suas pretensões particulares. As senhoras pediam que o retrato desse conta antes de mais nada da alma e do caráter, o resto devendo ser muitas vezes completamente negligenciado. Que os ângulos fossem todos arredondados, os defeitos atenuados, até mesmo suprimidos. Em resumo, que o rosto, se não conseguisse provocar um impacto fulminante, inspirasse ao menos a admiração. Além do mais, elas assumiam, ao se instalar para a pose, expressões armadas que desconcertavam Tchartkov. Uma se fazia de sonhadora, outra de melancólica. Para afinar a boca, uma terceira espremia os lábios a ponto de dar a impressão de um ponto com a dimensão de uma cabeça de alfinete. Elas não deixavam no entanto de exigir dele a semelhança, o ar natural, a ausência de afetação.

Os homens não ficavam em nada atrás do sexo frágil. Este queria se ver com um porte enérgico de cabeça, aquele outro com os olhos erguidos na direção do céu, com um ar inspirado. Um tenente da guarda queria que seu olhar fizesse pensar em Marte. Um funcionário, que seu rosto exprimisse no mais alto grau a nobreza unida à retidão; sua mão deveria apoiar-se sobre um livro no qual estariam inscritas, bem visíveis, estas palavras: "Eu sempre defendi a verdade".

De início estas exigências perturbavam Tchartkov: impossível satisfazê-las seriamente num lapso de tempo tão curto! Mas logo ele compreendeu do que se tratava e parou de inquietar-se. Duas ou três palavras bastavam para que entendesse os desejos do modelo. Aquele que desejava ser Marte, o seria. Àquele que pretendia fazer o papel de Byron, outorgava uma pose e um porte de cabeça byronianas. Se uma dama desejasse ser Corina, Ondina, Aspasia ou Deus sabe lá o que, ele o concedia de imediato. Tomava apenas o cuidado de acrescentar uma dose suficiente de beleza, de distinção, o que, todos o sabem, não estraga nunca as coisas e pode perdoar ao pintor até mesmo a falta de semelhança. A espantosa presteza de seu pincel acabou por surpreender a ele mesmo. Quanto a seus modelos, declaravam-se naturalmente encantados e proclamavam seu gênio por todos os cantos.

Tchartkov tornou-se então, sob todos os aspectos, um pintor da moda. Jantava à direita e à esquerda, acompanhava as senhoras às exposições, mesmo às caminhadas, vestia-se como um dândi, afirmava publicamente que um pintor pertence à sociedade e não deve abrir mão de sua posição. Os artistas estavam muito enganados em se vestir como maltrapilhos, ignorar as boas maneiras, faltando inteiramente com a educação. Ele emitia agora juízos fulminantes sobre a arte e os artistas. Elogiava-se demasiado os velhos mestres: "Os pré-rafaelistas não pintaram mais do que equívocos. A pretendida santidade de suas obras não existe fora da imaginação daqueles que as contemplam. O próprio Rafael não é tão excelente assim, e somente uma tradição muito bem enraizada garante a celebridade de um bom número de seus quadros. Miguelângelo é totalmente desprovido de graça, este fanfarrão não pensava senão em ostentar sua ciência da anatomia. O brilho, o poder do pincel e do colorido são apanágios exclusivos de nosso século". Por uma transição bastante natural, Tchartkov chegava a ele próprio.

"Não", dizia ele, "eu não compreendo aqueles que sofrem e empalidecem debruçados sobre seu trabalho. Quem se arrasta durante meses sobre uma tela não passa de um artesão; não acreditaria jamais que tem talento. O gênio cria com audácia e rapidez. Vejam o meu caso, por exemplo, pintei este retrato em dois dias, esta cabeça num único dia, este em algumas horas, aquela em no máximo uma hora... Não, vejam só, não chamo de arte o que se fabrica em conta-gotas. Trata-se de um trabalho, se quiserem, mas arte, de modo algum!"

Tais eram as tiradas que apresentava a seus visitantes. Estes por sua vez admiravam sua ousadia, o poder de seu pincel, aquela rapidez de execução que chegava a arrancar deles exclamações de surpresa, levando-os a trocar comentários uns com os outros.

"É um homem de talento, de grande talento! Escute-o falando, veja como seus olhos brilham. *Há algo de extraordinário em seu rosto!*"

O eco destes elogios lisonjeava Tchartkov. Quando a imprensa o cumprimentava, ele se alegrava como na infância, ainda que houvesse pago de seu próprio bolso por aqueles belos elogios. Dedicava uma alegria ingênua a estes artigos, levava-os por todos os lugares, mostrava-os de modo casual a seus amigos e conhecidos. Sua fama aumentava, as encomendas fluíam. Entretanto, estes retratos, estes personagens cujas atitudes e movimentos ele conhecia de cor, começavam a lhe pesar. Ele os ajeitava sem grande prazer, limitando-se a esboçar mais ou menos a cabeça e deixando a seus alunos a tarefa de concluí-los. De início, ainda inventara efeitos criativos, poses originais. Agora, até mesmo esta pesquisa lhe parecia fastidiosa. Refletir, imaginar, eram para seu espírito esforços demasiado penosos, aos quais não tinha mais tempo a dedicar: sua vida dissipada, o papel de homem do mundo que se esforçava por viver, tudo isso levava-o para longe do trabalho e da reflexão. Seu pincel perdia a vivacidade, o calor, escondia-se placidamente na mais óbvia banalidade. Os rostos frios, monótonos, sempre fechados, sempre abotoados, se assim podemos dizer, de funcionários, tanto civil quanto militares, não lhe ofereciam um campo bastante amplo: esquecia os suntuosos drapeados, os gestos ousados, as paixões. Não era possível agrupar personagens, estabelecer qualquer nobre ação dramática. Tchartkov não tinha diante de si mais do que uniformes, espartilhos, vestes negras, todos objetos adequados a regelar o artista e a matar a inspiração. Desta forma, suas obras estavam agora desprovidas das qualidades mais fundamentais. Gozavam das atenções da moda, mas os verdadeiros conhecedores sacudiam os ombros diante delas. Alguns deles, que haviam conhecido Tchartkov em outras épocas, não conseguiam entender como, mal tendo atingido seu pleno desenvolvimento, este jovem tão bem-dotado tenha subitamente perdido um talento do qual havia dado provas tão claras desde seus primeiros passos.

Em sua exaltação, o pintor ignorava estes críticos. Havia adquirido a gravidade da idade e do espírito. Engordava, desabrochava em largura. Jornais e revistas já o chamavam de "nosso eminente André Pétrovitch"; cargos honoríficos eram-lhe oferecidos; era nomeado membro de júris e de comitês de diversos tipos. Como é regra nesta idade respeitável, ele tomava agora o partido de Rafael e dos velhos mestres, não que tenha afinal se convencido de seu valor, mas para fazer disso uma arma contra os jovens confrades. Pois, sempre segundo a regra desta idade, ele reprovava à juventude a sua imoralidade, seu espírito perverso. Começava a crer que tudo neste vale de lágrimas se faz com demasiada facilidade, sob condição de ser rigorosamente submetido à disciplina da ordem e da uniformidade, a inspiração não passando de uma palavra vã. Em resumo, ele atingia o momento no qual o homem sente morrer nele todo entusiasmo, onde o arco inspirado não exala ao redor de seu coração mais do que sons melancólicos. O contato com a beleza não inflama mais as forças inexploradas de seu ser. Em contrapartida, os sentidos enfraquecidos tornam-se mais atentos ao tilintar do ouro, abandonando-se insensivelmente ao adormecer embalado por sua música fascinante. A glória não pode trazer alegria a quem a roubou: ela só faz palpitar os espíritos dignos dela. Assim, todos os seus sentidos, todos os seus instintos se orientaram na direção do ouro. O ouro tornou-se sua paixão, seu ideal, seu terror, sua volúpia, seu objetivo. As cédulas amontoavam-se em seus cofres e, como todos aqueles a quem é atribuído este medonho quinhão, tornou-se triste, inacessível, indiferente a qualquer coisa que não fosse ouro, economizando sem necessidade, acumulando sem método. Iria logo em seguida transmutar-se num destes seres estranhos, tão numerosos em nosso universo insensível, que o homem dotado de coração e de vida observa com pavor: eles lembram túmulos móveis que conduzem um cadáver em seu interior, um cadáver no lugar do coração. Um acontecimento imprevisto deveria, no entanto, sacudir sua inércia, revelar todas as suas forças vivas.

Um belo dia ele encontrou um bilhete sobre a mesa: a Academia de Belas-Artes solicitava, encarecidamente, que ele, enquanto um de seus membros mais em evidência, desse sua opinião sobre uma obra enviada da Itália por um pintor russo que lá está aperfeiçoando sua arte. Este pintor[13] era um de seus antigos companheiros: apaixonado desde a infância pela pintura, a ela havia se consagrado com toda a sua alma ardente. Abandonando seus amigos, sua família, seus hábitos mais caros, precipitara-se rumo ao país no qual, sob um céu sem nuvens, se desenvolvia o grandioso viveiro da arte, aquela Roma soberba cujo simples nome faz com que bata tão violentamente o grande coração do artista. Aí vivia como um ermitão, mergulhado no trabalho sem trégua e sem descanso. Pouco lhe importava que se criticasse seu caráter, sua falta de tato e que a modéstia de suas roupas fizesse ruborizar seus confrades: ele se importava muito pouco com a opinião deles. Devotado de corpo e alma à arte, desprezava tudo o mais. Frequentador assíduo dos museus, passava horas e horas diante das obras dos grandes pintores, obstinado em perseguir o segredo de seus pincéis. Não terminava nada sem medir-se com seus mestres, sem tirar de suas obras um conselho eloquente ainda que mudo. Mantinha-se distante das discussões tumultuadas e não tomava partido nem contra nem a favor dos puristas. Como se prendia apenas às qualidades, sabia fazer justiça a cada um deles, mas finalmente ele não preservou mais do que um mestre, o divino Rafael – como o grande poeta que após muito ler obras maravilhosas ou grandiosas, escolhe como

---

13. Trata-se de Alexandre Ivanov, amigo inseparável de Gogol, em Roma, entre 1838-1839 e setembro de 1840 até agosto de 1841.

livro de cabeceira tão somente a Ilíada, por ter descoberto que ela abriga tudo que podemos desejar, que tudo é aí evocado com a mais sublime perfeição.

Quando Tchartkov chegou à Academia, encontrou reunida diante do quadro uma multidão de curiosos que respeitavam um silêncio compenetrado, muito insólito em casos semelhantes. Ele apressou-se em assumir uma expressão grave de conhecedor e se aproximou da tela. Deus do céu, que surpresa o esperava!

A obra do pintor oferecia-se a ele com a adorável pureza de uma noiva. Inocente e divino como o gênio, ela planava acima de tudo. Se diria que, surpresas com tantos olhares fixados sobre elas, aquelas figuras celestes baixavam modestamente as pálpebras. O espanto beato dos especialistas diante desta obra-prima de um desconhecido era plenamente justificado. Todas as qualidades pareciam estar aqui reunidas: se a nobreza altiva das poses revelava o estudo aprofundado de Rafael e a perfeição do pincel de Correggio, a força criadora pertencia ao próprio artista e dominava todo o resto. Ele havia aprofundado o menor detalhe, penetrado seu sentido secreto, a norma e a regra de todas as coisas, captado por todas as partes a harmoniosa fluidez das linhas que oferece a natureza e que só percebe o olhar de um pintor criativo, enquanto que o copista a traduz em contornos angulosos. Percebia-se que o artista havia de início acumulado em sua alma aquilo que retirava do meio ambiente, para fazê-lo em seguida jorrar desta fonte interior num só canto harmonioso e solene. Os próprios leigos deveriam reconhecer que um abismo incomensurável separa a obra criadora da cópia servil. Paralisados num silêncio impressionante, que não era interrompido por nenhum barulho, nenhum murmúrio, os espectadores sentiam sob seus olhos maravilhados a obra tornar-se de instante a instante mais altiva, mais luminosa, mais longínqua, até parecer um simples relâmpago, fruto de uma inspiração elevada e que toda uma vida não basta para preparar. Todos os olhos estavam cobertos de lágrimas. Os gostos mais diversos tanto quanto os mais distantes e insólitos pareciam se unir para endereçar um hino mudo àquela obra divina.

Tchartkov permanecia, também ele, imóvel e de queixo caído. Depois de um longo momento, curiosos e especialistas ousaram enfim elevar aos poucos a voz e discutir o valor da obra. Como solicitavam sua opinião, ele afinal retornou a si. Tentou assumir a expressão entediada que lhe era habitual e emitir um daqueles julgamentos banais caros aos pintores de alma esclerosada: "Sim, evidentemente, não podemos negar o talento deste pintor; vemos que ele quis exprimir alguma coisa; no entanto o essencial..."; depois disparar à guisa de conclusão certos tipos de elogios que deixariam sem fôlego o melhor dos pintores. Mas as lágrimas, aos borbotões, cortaram sua voz e ele fugiu como um demente.

Ficou algum tempo imóvel, inerte no meio de seu magnífico ateliê. Um instante bastara para revelar todo seu ser. Sua juventude parecia lhe ter sido devolvida, os lampejos de seu talento estavam prestes a se reacender. A viseira havia caído de seus olhos. Deus! Perder desta forma seus melhores anos, destruir, apagar este fogo que florescia em seu peito e que, desenvolvido em todo seu fulgor, talvez fizesse com que também ele arrancasse lágrimas de reconhecimento! E matar tudo isso, matá-lo implacavelmente.

Súbito e de uma só vez, os elãs, os ardores que conhecera em outros tempos pareceram renascer das profundezas de sua alma. Tomou seu pincel, aproximou-se de uma tela. O suor de seu esforço inundava sua fronte. Um único pensamento animava-o, um único desejo inflamava-o: representar o anjo decaído. Nenhum tema conviria melhor a seu estado de alma. Mas, infelizmente, seus personagens, suas poses, seus grupos, tudo carecia de riqueza e de harmonia. Por demasiado tempo seu pincel e sua imaginação haviam se fechado na banalidade. Haviam desdenhado demais o caminho montanhoso dos esforços progressivos, fazendo pouco caso das leis primordiais da grandeza futura, para que não soasse piedosa aquela tentativa de romper as amarras que havia imposto a si mesmo. Exasperado por este insucesso, tirou de sua frente todas as suas obras recentes, as ilustrações de modas, os retratos de hussardos, de senhoras, de conselheiros de Estado. Depois, após dar uma ordem para que ninguém entrasse, fechou-se em seu ateliê e mergulhou no trabalho. Foram inúteis as tentativas de manifestar a paciente obstinação de um jovem aprendiz. Tudo que nascia de seu pincel era irremediavelmente errado. A todo momento a sua ignorância dos princípios mais elementares o paralisavam. O trabalho enregelava sua inspiração, opondo à sua imaginação uma barreira intransponível. Seu pincel voltava invariavelmente a formas já conhecidas, as mãos juntavam-se num gesto familiar, a cabeça recusava-se a qualquer pose insólita, até as dobras dos vestidos não queriam mais se drapear sobre os corpos em atitudes convencionais.

"Será que em alguma ocasião eu tive talento?, terminou por se perguntar. Será que eu não me enganei?"

Querendo elucidar a questão, foi diretamente a suas primeiras obras, aqueles quadros que havia pintado com tanto amor e de forma desinteressada lá no seu miserável tugúrio da Ilha Basile, longe dos homens, longe do luxo, longe de todo refinamento. Enquanto os estudava atentamente, sua pobre vida de outras épocas ressuscitou diante dele. "Sim, concluiu com desespero, eu tive talento. É possível ver em tudo que fiz as provas e os sinais!"

Paralisou-se subitamente, seu corpo tremendo da cabeça aos pés: seus olhos haviam cruzado com um olhar imóvel fixado sobre ele. Era o retrato extraordinário que comprara certa feita no Mercado Chtchukin e do qual Tchartkov havia perdido até mesmo a lembrança, escondido que ele ficara por trás de outras telas. Como se fosse deliberadamente, agora que havia desembaraçado o ateliê de todos os quadros da moda que o entulhavam, o retrato fatal reaparecia ao mesmo tempo que suas obras de juventude. Aquela velha história retornava à sua memória e, quando lembrou-se de que aquela estranha esfinge havia de alguma maneira causado sua transformação, que o tesouro tão miraculosamente recebido fizera nascer nele as vãs cobiças funestas a seu talento, ele foi vencido por um ataque de raiva. Foi inútil ter dado em seguida um sumiço na odiosa pintura; sua perturbação não se apaziguou. Estava transtornado por inteiro e sentiu aquela assustadora tortura que corrói por vezes os talentos medíocres quando tentam inutilmente ultrapassar seus limites. Semelhante tormento pode inspirar grandes obras à juventude, mas, infelizmente, para quem passou da idade dos sonhos, não passa de uma sede estéril e que pode conduzir o homem ao crime.

A inveja, uma inveja furiosa, tomou conta de Tchartkov. Quando via uma obra marcada pelo selo do talento, o fel lhe subia às faces, ele rangia os dentes e a devorava com um olhar rancoroso. O projeto mais satânico jamais concebido por um homem germinou em sua alma e ele o executou em seguida com um ardor pavoroso. Começou a comprar tudo que a arte produzia de melhor. Após pagar muito caro por um quadro, ele o levava cuidadosamente para casa e se atirava sobre ele como um tigre para o estraçalhar, fazendo-o em pedaços, pisoteando-o enquanto dava gargalhadas de prazer. A grande fortuna que havia acumulado lhe permitia satisfazer sua infernal mania. Abriu todos os seus cofres, rasgou todos os seus sacos de ouro. Jamais qualquer monstro de ignorância havia destruído tantas maravilhas quanto este feroz vingador. Quando ele surgia em algum leilão, as pessoas desanimavam, sabendo que não conseguiriam comprar a mais insignificante obra de arte. Os céus encolerizados pareciam ter enviado este terrível flagelo ao universo com o objetivo de extrair dele toda beleza. Esta monstruosa paixão se refletia em traços atrozes sobre seu rosto sempre marcado de fel e de infelicidade. Ele parecia encarnar o demônio assustador imaginado por Púchkin[14]. Sua boca não proferia senão palavras venenosas ou anátemas eternos. Dava aos passantes a impressão de uma harpia[15].

---

14. Alusão a um pequeno poema de Púchkin, "O demônio" (1823), que se tornou clássica.

15. Monstro alado, voraz e fabuloso, com cara de mulher, corpo de abutre e unhas aduncas.

Quanto mais de longe o percebessem, seus próprios amigos evitavam cruzar com ele, pois, segundo julgavam, por certo iria envenenar o resto de seu dia.

Por felicidade da arte e do mundo, uma existência assim tensa não poderia prolongar-se por muito tempo. Paixões doentias e exasperadas cedo arruinam os organismos frágeis. Os acessos de raiva tornaram-se mais e mais frequentes. Logo uma febre maligna juntou-se à tísica galopante para, em três dias, fazer dele uma sombra. Os sintomas de uma demência incurável vieram juntar-se a estes males. Por um certo tempo, muitas pessoas não chegaram a percebê-lo. Ele acreditava rever os olhos esquecidos após tanto tempo, os olhos vivos do extravagante retrato. Todos que estavam a volta de seu leito lhe pareciam terríveis retratos. Cada um deles se desdobrava, se quadruplicava a seus olhos, todas as paredes cobriam-se com estes quadros que o fixavam com seus olhos imóveis e vivos. Do chão ao teto não havia lugar que não estivesse coberto por olhares assustadores e, para poder abrigá-los em maior número, a peça alargava-se, prolongando-se ao infinito. O médico que tentara curá-lo e que conhecia vagamente sua estranha história, procurava em vão que tipo de ligação secreta tais alucinações poderiam ter com a vida de seu paciente. Mas o infeliz já havia perdido todo senso, exceto aquele de suas torturas e não proferia mais do que palavras desconexas a respeito de suas abomináveis lamentações. Por fim, num derradeiro acesso, sua vida se foi, e não deixou nada além de um cadáver assustador para ver visto. Ninguém encontrou nada de sua imensa riqueza. Mas quando descobriram inúmeras obras de arte soberbas, cujo valor ultrapassava muitos milhões, retalhadas em farrapos, compreenderam que monstruoso emprego havia feito dela.

Segunda parte

Uma fila imensa de veículos – landaus, caleças, carruagens – estacionava diante do imóvel no qual se vendia em leilão as coleções de um destes ricos amadores que dormitara toda sua vida entre os *Zéphyrs* e os *Amours*[16] e que, para desfrutar do título de mecenas, gastava ingenuamente os milhões acumulados por seus ancestrais, em alguns casos por ele próprio no tempo de sua juventude. Como ninguém o ignora, estes mecenas não passam de uma lembrança e nosso século XIX há muito tempo assumiu a rabugenta figura de um banqueiro, que goza de seus milhões apenas quando estão sob a forma de números alinhados sobre papel. A vasta sala estava ocupada por uma multidão multicolorida que acorrera a este lugar como uma revoada de aves de rapina se abate sobre um cadáver abandonado. Lá estava toda uma esquadrilha de lojistas com sobrecasacas azuis à maneira alemã, originárias tanto do Bazar quanto da loja de roupas usadas. Suas expressões, mais decididas do que de costume, não ostentavam mais aquela solicitude bajuladora que se lê no rosto de todo vendedor russo em seu balcão. Aqui eles não faziam mais poses, ainda que se encontrasse na sala um bom número de aristocratas dos quais eles estavam prestes a espanar as botas com seu próprio chapéu. Para atestar a qualidade da mercadoria eles apalpavam sem cerimônia os livros e os quadros, e cobriam com ousadia os lances dados pelos nobres amadores. Lá estavam também frequentadores assíduos destas vendas, cujo intervalo de

---

16. Reminiscência de um verso de *Malheur d'avoir de l'esprit*, de Griboïédov.

almoço ocupavam. Aristocratas entendidos em arte que, não tendo nada de melhor para fazer entre o meio-dia e uma hora, não deixavam passar nenhuma ocasião de enriquecer sua coleção. Lá estavam, enfim, estes personagens desinteressados, cujos bolsos estão num estado tão lastimável quanto suas vestes, e que assistem todos os dias às vendas com o único fim de ver o rumo que as coisas tomam, saber quem fará com que os lances subam e quem finalmente os arrematará. Um bom número de quadros estava em meio à bagunça, por entre os móveis e os livros etiquetados com os preços estipulados pelos seus antigos proprietários, ainda que estes jamais tenham tido a menor curiosidade de destinar a eles a mais rápida passada de olhos. Os vasos da China, as mesas de mármore, os móveis novos e antigos, suas chancelas, suas esfinges, suas patas de leão, os lustres dourados e sem dourado, os candeeiros, tudo isso, amontoado numa só confusão, formava uma espécie de caos de obras de arte, muito diferente da ordem rigorosa das lojas. Todo leilão inspira pensamentos lúgubres; tem-se a impressão de estar assistindo a um funeral. A sala sempre escura, pois as janelas, fechadas pelas pilhas de móveis e de quadros, não filtram mais do que uma luz parcimoniosa. As feições taciturnas, a voz sinistra do leiloeiro conduzindo, com o auxílio de marteladas, o serviço fúnebre das artes desafortunadas, tão estranhamente reunidas neste local. Tudo reforça a impressão lúgubre.

A venda atingia seu auge. Uma multidão de gente de bom-tom acotovelava-se, agitando-se febrilmente. "Um rublo, um rublo, um rublo!", gritava-se de todos os lados, e este grito unânime impedia o comissário de repetir o lance, que já atingia o quádruplo do preço pedido. Estes indivíduos estavam disputando um retrato e tal obra era realmente do tipo que despertava a atenção do menos avisado dos entendidos em arte. Ainda que muitas vezes restaurada, ela revelava de chofre um talento de primeira ordem. Representava um asiático vestido com um amplo cafetã. O que mais chocava neste rosto de tez bronzeada, com uma expressão enigmática, era a surpreendente vivacidade de seus olhos: quanto mais eram observados, mais eles mergulhavam no fundo de nosso ser. Esta singularidade, esta destreza do pincel, provocavam a curiosidade geral. Os lances subiram de imediato tão alto que a maior parte dos amadores se retirou, deixando a questão nas mãos de dois grandes personagens que não queriam de modo algum renunciar àquela aquisição. O clima esquentava e eles iam levar o quadro a um preço inacreditável quando um dos presentes, ao examiná-lo, súbito lhes disse:

"Permitam-me interromper só por um instante a sua disputa. Mais do que ninguém, tenho direito a este quadro".

A atenção geral voltou-se para o indivíduo. Era um homem de cerca de trinta e cinco anos, de bom porte, com longos cachos negros, e cuja fisionomia agradável, impressão de tranquilidade, revelavam uma alma distante das vãs preocupações do mundo. Sua roupa não mostrava qualquer preocupação com a moda: tudo em seu modo de ser indicava que se tratava de um artista. Com efeito, um bom número dos presentes de imediato reconheceram nele o pintor B***.

"É claro que minhas palavras parecem aos senhores muito estranhas", continuou, vendo todos os olhares que se voltaram para ele. "Mas, se consentirem em escutar uma breve história, irão considerá-las talvez justificáveis. Tudo indica que este retrato é exatamente aquele que estou procurando."

Uma curiosidade muito natural surgiu em todos os rostos. O próprio leiloeiro parou, o queixo caído, o martelo erguido, e prestou atenção. No início de seu relato, muitos dos ouvintes se voltaram involuntariamente na direção do retrato, mas logo, com o interesse crescente, os olhares não abandonaram mais o homem que falava.

"Os senhores conhecem, começou ele, o bairro de Kolomna[17]. Não se parece com nenhum outro dos bairros de Petersburgo. Não é nem a capital nem o interior. Assim que

---

17. Subúrbio oeste de Petersburgo, entre a Moïka e a Fontanka, cujo encanto modorrento já havia sido cantado por Púchkin.

entrarem nele, todo desejo, todo ardor juvenil vos abandona. O futuro não entra mais neste lugar. Tudo ali é silêncio e retrocesso. É o refúgio dos 'rejeitados' pela grande cidade: funcionários aposentados, viúvas, gentalha que, mantendo agradáveis relações com o Senado, se condenaram a vegetar eternamente neste lugar. Cozinheiras que, após ter, ao longo do dia, vagabundeado por todos os mercados e tagarelado com todos os jovens quitandeiros, os trazem à noite para suas casas por cinco copeques de café e por quatro de açúcar. Enfim, toda uma categoria de indivíduos que podemos classificar de 'cinzentos' por seus costumes, seus rostos, suas cabeleiras. Seus olhos têm um aspecto perturbado e cinza, como estes dias incertos, nem chuvosos nem ensolarados, nos quais os contornos dos objetos se esfumam na bruma. A esta categoria pertencem os biscateiros de teatro aposentados, igualmente os conselheiros titulares; os antigos discípulos de Marte de olhos saltados ou de lábios inchados. Trata-se de seres inteiramente apáticos, que andam sem jamais levantar os olhos, não sussurram sequer uma palavra e não pensam nunca em nada. Seus quartos exalam o cheiro da aguardente que bebericam continuamente da manhã à noite. Esta lenta absorção os poupa da embriaguez escandalosa que as demasiado bruscas libações dominicais provocam nos aprendizes alemães, estes estudantes da rua Bourgeoise, reis incontestáveis das calçadas depois de soar a meia-noite.

"Que bairro bendito para os pedestres este Kolomna! É bem raro que um veículo de um senhor distinto nele se aventure. Só a farra dos atores perturba com seu alarido o silêncio geral. Alguns fiacres passam preguiçosamente, o mais das vezes vazios ou carregados com o feno destinado ao pangaré peludo que os puxa. Podemos aí encontrar um apartamento por cinco rublos por mês, incluindo o café da manhã. As viúvas titulares de algum benefício constituem a aristocracia do lugar: elas apresentam uma conduta muito decente, varrem meticulosamente seus quartos, deploram com seus amigos o preço da carne de boi e da couve; não é raro que tenham uma filha, criatura apagada, muda, mas às vezes agradável de se ver, um desagradável totó e um relógio cujo pêndulo vai e vem com melancolia. Vêm em seguida os comediantes, cuja modéstia de recursos os confina naquele lugar deserto. Independentes como todos os artistas, eles sabem gozar a vida: envoltos por seus roupões, eles consertam pistolas, fabricam todo tipo de objetos em papelão, jogam cartas ou xadrez com um amigo que vem visitá-los. Assim passam a manhã e até mesmo ao longo da noite, salvo quando acrescentam um pugilato a estas agradáveis ocupações.

"Após os tubarões, a arraia miúda. É tão difícil enumerá-los quanto recensear os incontáveis insetos que pululam no vinho azedo. Há aí velhas que rezam e velhas bêbadas. Outras que rezam e se embriagam ao mesmo tempo, velhas que reúnem tudo isso de uma forma que só Deus pode saber. Podemos vê-las arrastando-se como formigas, tristes farrapos humilhados, da ponte Kalinkin até o quarteirão dos vendedores de roupas usadas, onde têm muita dificuldade de arranjar quinze copeques. Em resumo, uma ralé tão estropiada que o mais caridoso dos economistas renunciaria a melhorar sua situação.

"Desculpe-me por ter insistido a respeito deste tipo de gente. Gostaria de fazer com que compreendessem a necessidade na qual estas pessoas se encontram frequentemente de procurar socorro urgente e de recorrer a empréstimos. Por esta razão, instalam-se entre eles agiotas de uma espécie particular que lhes emprestam, sob penhor, pequenas somas com juros altíssimos. Estes agiotas são ainda mais insensíveis do que seus confrades mais ilustres: surgem em meio à miséria, entre os esfarrapados expostos à luz do dia, espetáculo ignorado pelo agiota rico, cujos clientes andam em carruagens. Desta forma, todo sentimento humano morre prematuramente em seu coração. Entre estes agiotas, havia um... Antes preciso lhes dizer que as coisas se deram no século passado, mais exatamente durante o reinado da falecida rainha Catarina. Os senhores compreendem sem dificuldade que desde então os usos e costumes de Kolomna e mesmo seu aspecto exterior modificaram-se sensivelmente. Havia então entre estes agiotas um personagem por todos os títulos enigmático. Instalado há muito tempo neste bairro, ele usava uma ampla veste asiática e sua tez bronzeada revelava uma origem meridional. Mas a que nacionalidade pertencia ele exatamente? Seria hindu, grego ou persa? Ninguém sabia dizê-lo. Seu porte quase gigantesco, seu rosto lívido, moreno, calcinado, de uma cor horrível, indescritível, grandes olhos dotados de um fogo extraordinário, suas sobrancelhas fornidas, tudo o distinguia claramente dos acinzentados habitantes do bairro. Até sua moradia não se assemelhava em quase nada às casinhas de madeira das redondezas: sua construção de pedra, com janelas irregulares, com venezianas e trancas de ferro, lembrava aquelas que construíam outrora os negociantes genoveses. Tão diferente nisso de seus confrades, meu agiota podia adiantar não importa que soma e satisfazer todo mundo desde a velha mendicante até a cortesã pródiga. Os carros de luxo estacionavam com frequência diante de sua porta e podíamos ver algumas vezes por detrás de seus vidros a cabeça altiva de uma grande senhora. Sua fama espalhava o boato de que seus cofres estavam empanturrados de dinheiro, de peças preciosas, de diamantes, de penhores os mais diversos, sem que ele desse mostras da rapacidade habitual nos tipos de sua espécie. Ele abria espontaneamente os cordões de sua bolsa, acertava uma data de vencimento que o tomador julgava muito vantajosa, mas fazia, por meio de estranhas operações aritméticas, subir os juros a somas fabulosas. Ao menos é isso que dizia o rumor público. Entretanto – traço ainda mais surpreendente e que não deixava de confundir muita gente –, um destino fatal esperava aqueles que haviam recorrido a seus bons ofícios: todos terminavam tragicamente suas vidas. Seriam disparates supersticiosos ou boatos espalhados de propósito? Jamais se soube com certeza. Mas certos fatos, ocorridos com frequência aos olhos de todos, não deixavam mais nenhuma dúvida.

"Entre a aristocracia da época, um jovem de uma grande família atraía as atenções de todos. Apesar de sua pouca idade, ele se distinguiu a serviço do Estado, se mostrou um ardente zelador da verdade e da bondade, se empolgava com todas as obras de arte e do espírito, prometia tornar-se um verdadeiro mecenas. A própria imperatriz o distinguiu, confiando-lhe um posto importante, de acordo com suas aspirações, o que lhe permitia tornar-se muito útil à ciência e ao bem em geral. O jovem senhor rodeou-se de artistas, de poetas, de sábios: ele empolgava-se ao entusiasmar todo mundo. Empreendeu a edição, a suas custas, de numerosas obras, fez muitas encomendas, criou toda espécie de prêmios. Sua generosidade comprometeu sua fortuna, mas, em seu nobre ardor, não quis abandonar sua obra. Procurou recursos em toda parte e terminou por se dirigir ao famoso agiota. Mal este lhe entregou uma soma considerável, nosso homem se metamorfoseou por completo e se tornou de imediato um perseguidor de talentos nascentes. Começou a desmascarar os defeitos de cada obra, a interpretar de modo falso a menor frase. E como, por infelicidade, a Revolução Francesa estourou durante o decurso destes fatos, isso serviu a ele como pretexto a todas as vilanias. Via tendências e alusões subversivas por toda parte. Tornou-se desconfiado, a ponto de suspeitar de si mesmo, de dar fé aos mais odiosos dedos-duros, de fazer inumeráveis vítimas. A novidade de uma tal conduta deveria necessariamente chegar aos degraus do trono. Nossa magnânima imperatriz ficou tomada de horror. Cedendo a esta nobreza que ornamenta tão bem as cabeças coroadas, ela disse algumas palavras, cujo sentido profundo imprimiu-se em muitos corações, ainda que elas não se nos apresentem com toda a sua precisão. 'Não é', ela observou, 'sob os regimes monárquicos que se veem controlar os generosos elãs da alma nem desprezar as obras do espírito, da poesia, da arte. Bem ao contrário, só os monarcas se fizeram os protetores delas: os Shakespeare, os Molière, desabrocharam graças a seu apoio benevolente, enquanto que Dante não pôde encontrar em sua pátria republicana um canto no qual repousar sua cabeça. Os verdadeiros gênios se produzem nos momentos onde os soberanos e os Estados se encontram em todo o seu esplendor e não quando da abominação das lutas intestinas ou do terror republicano, que até o presente não deram ao mundo nenhum gênio. É preciso recompensar os verdadeiros poetas, pois longe de fomentar a agitação ou a revolta, fazem reinar nas almas uma paz soberana. Os sábios, os escritores, os artistas são as pérolas e os diamantes da coroa imperial; o reinado de todo grande monarca delas se adorna e delas retira um brilho ainda mais fulgurante.'

"Enquanto pronunciava estas palavras, a imperatriz resplandecia, ao que parece, com uma beleza divina. Os mais velhos não conseguiam evocar esta lembrança sem derramar lágrimas. Cada um deles havia assumido o caso com paixão: seja dito em nosso favor que todo russo se coloca espontaneamente do lado do mais fraco. O senhor que havia traído a confiança depositada nele foi punido de modo exemplar e destituído de seu cargo. O desprezo absoluto que ele pôde ler nos olhos de seus compatriotas lhe pareceu uma punição ainda muito mais terrível. Não é possível expressar os sofrimentos desta alma vaidosa: o orgulho, a ambição frustrada, as esperanças partidas, tudo se somava para atormentá-lo e sua vida terminou em assustadores acessos de loucura furiosa.

"Um segundo fato, de notoriedade não menos geral, veio reforçar o sinistro rumor. Entre as numerosas beldades das quais então se orgulhava com todo o direito nossa capital, havia uma diante da qual todas as outras se desvaneciam. Prodígio muito raro, a beleza do Norte nela se unia admiravelmente à beleza do Sul. Meu pai julgava não ter jamais encontrado semelhante maravilha. De tudo lhe havia sido dado um quinhão: a riqueza, o espírito, o charme moral. Entre a multidão de seus admiradores se incluía com especial destaque o príncipe R***, o mais nobre, o mais belo, o mais cavalheiresco dos jovens. O tipo acabado do herói de romance, um verdadeiro Grandisson sob todos os aspectos. Loucamente apaixonado, o príncipe R*** se sabia correspondido, mas os parentes da jovem julgavam-no um partido insuficiente. Os domínios hereditários do príncipe haviam há um bom tempo deixado de lhe pertencer e sua família era malvista na Corte. Ninguém ignorava o estado calamitoso de seus negócios. Súbito, após uma curta ausência motivada pelo desejo de restabelecer sua fortuna, o príncipe rodeou-se de um luxo, de um fausto extraordinário. Bailes, festas magníficas tornaram-no conhecido nas altas rodas. O pai da jovem tornou-se favorável ao noivado e logo as núpcias foram celebradas com grande alarido. Donde provinha este brusco reencontro com a fortuna? Ninguém o sabia, mas era voz corrente que o noivo havia realizado um pacto com o misterioso agiota e obtido dele um empréstimo. Este casamento ocupou a cidade toda, os noivos foram objeto de uma inveja geral. Todo mundo conhecia a constância de seu amor, os obstáculos que se haviam atravessado em seu caminho, seus méritos recíprocos. As mulheres apaixonadas imaginavam por antecipação as delícias paradisíacas das quais iriam usufruir os jovens recém-casados. Mas tudo se passou de outra forma. Em poucos meses o marido tornou-se irreconhecível. O ciúme, a intolerância, os caprichos infindáveis turvaram seu caráter até então excelente. Tornou-se um tirano, o carrasco de sua mulher. Coisa que jamais se esperaria dele, lançou mão de procedimentos os mais desumanos e mesmo às vias de fato. Ao fim de um ano, ninguém podia reconhecer a mulher que outrora brilhava com uma luminosidade tão viva e arrastava atrás dela um cortejo de adoradores submissos. Não demorou e, incapaz de suportar por mais tempo seu amargo destino, ela pela primeira vez falou em divórcio. O marido de imediato foi tomado de fúria e se precipitou com uma faca na mão no apartamento da infeliz; se não tivesse sido contido, certamente a degolaria. Então, louco de raiva, ele virou a arma contra si próprio e acabou com sua vida em meio a terríveis sofrimentos.

"Além destes dois casos, dos quais toda a sociedade

havia sido testemunha, contava-se uma série de outros, acontecidos nas classes inferiores, e quase todos mais ou menos trágicos. Aqui, um bom homem, muito compenetrado até então, havia se entregado subitamente à embriaguez. Ali, um empregado de uma loja começou a roubar de seu patrão. Após ter, por diversos anos, se conduzido pelo mundo de um modo muito honesto, um cocheiro de fiacre havia matado seu cliente por uma ninharia.

"Fatos semelhantes, mais ou menos amplificados ao passar de boca em boca, evidentemente semeavam o terror entre os tranquilos habitantes de Kolomna. A acreditar-se no rumor público, o sinistro agiota devia estar possuído pelo demônio: ele impunha a seus clientes condições que faziam qualquer um ficar com os cabelos arrepiados, mas os infelizes não ousavam revelá-las a ninguém. O dinheiro que emprestava tinha um poder incendiário, inflamava-se espontaneamente, carregado de símbolos cabalísticos. Em resumo, os boatos mais absurdos corriam a respeito do personagem. E, coisa digna de nota, toda a população de Kolomna, todo este universo de pobres velhas, de pequenos funcionários, de artistas modestos, toda esta arraia miúda que fiz desfilar rapidamente diante de seus olhos, preferia suportar o maior dos sofrimentos do que recorrer ao terrível agiota. Sabia-se, mesmo de anciãos mortos de fome, que preferiram abandonar-se à morte do que arriscar a danação. Qualquer um que o reconhecesse na rua sentia um pavor involuntário. O transeunte afastava-se prudentemente para em seguida seguir com o olhar aquela forma gigantesca que desaparecia ao longe. Seu aspecto extravagante bastaria para que cada um lhe atribuísse uma existência sobrenatural. Seus traços fortes, vincados mais profundamente do que sobre qualquer outro rosto, sua tez de bronze em fusão, suas sobrancelhas desmesuradamente volumosas, seus olhos assustadores, aquele olhar insuportável, até mesmo as grandes dobras de suas vestes asiáticas, tudo indicava que diante das paixões que turbilhonavam naquele corpo as dos outros homens se tornariam certamente pálidas.

"Cada vez que o encontrava, meu pai parava de imediato e não conseguia deixar de murmurar: 'É o diabo! O diabo encarnado!' Mas já é hora de lhes apresentar meu pai, o verdadeiro herói de meu relato, seja dito entre parênteses. Era um homem notável sob muitos aspectos. Um artista como poucos. Um destes fenômenos como só a Rússia é capaz de fazer brotar em seu seio ainda virgem. Um autodidata que, movido tão somente pelo desejo de aperfeiçoamento, chegara, sem mestre e ao largo de todas as escolas, a encontrar em si mesmo suas regras e suas leis e seguia, por razões quem sabe insuspeitas, a via que lhe traçava seu coração. Um destes prodígios espontâneos que seus contemporâneos julgavam com frequência ser ignorância, mas que justo dos fracassos e das zombarias sabe extrair novas forças, elevando-se rapidamente acima das obras que lhe valeram aquele epíteto pouco elogioso. Um nobre instinto fazia-lhe sentir em cada objeto a presença de um pensamento. Descobriu sozinho o sentido exato desta expressão: 'a pintura histórica'. Ele intuía a razão pela qual podemos dar este nome a um retrato, a uma simples cabeça de Rafael, de Leonardo, de Ticiano ou Correggio, enquanto que uma imensa tela cuja temática tenha sido retirada da história não passa no entanto de um *quadro de gênero*, apesar de todas as pretensões do pintor a uma arte histórica. Suas convicções, seu senso íntimo orientaram seu pincel para os temas religiosos, este grau supremo do sublime. Nem ambicioso, nem irritável, face a muitos artistas, era um homem firme, íntegro, direito e mesmo rústico, coberto por uma carapaça um tanto rugosa, não despido de certo orgulho interior, e que falava de seus semelhantes com uma mistura de indulgência e severidade. 'Eu me preocupo com esta gente!', tinha o costume de dizer. 'Não é de modo algum para eles que eu trabalho. Eu não carregarei minhas obras para os salões. Quem me compreender me agradecerá. Quem não me compreender elevará assim mesmo sua alma a Deus. Não poderíamos reprovar um homem do mundo por não ser entendido em pintura: os menus, os vinhos, os cabelos, não são segredos para ele, e isso basta. A cada qual o seu ofício. Prefiro o homem que confessa sua ignorância àquele que se faz de entendido e não consegue mais do que estragar tudo.' Ele se contentava com um ganho mínimo, exatamente o suficiente para manter sua família e seguir com sua carreira. Sempre prestativo com os outros, ajudava com prazer a seus confrades necessitados. Por outro lado, preservava a fé ardente e ingênua de seus ancestrais. Eis sem dúvidas a razão pela qual aparecia espontaneamente nos rostos que ele pintava a sublime expressão que em vão buscam os mais brilhantes talentos. Por seu trabalho paciente, por sua firmeza em seguir a rota que a si mesmo havia proposto, conquistou por fim a estima até daqueles que o haviam tratado como um ignorante e um grosseiro. A todo momento lhe encomendavam quadros de igreja. Um deles absorveu-o particularmente. Sobre aquela tela, cujo tema exato me escapa no momento, deveria figurar o Espírito das trevas. Desejoso de personificar neste Espírito tudo aquilo que atormenta e oprime a humanidade, meu pai refletiu longamente a respeito da forma que deveria lhe dar. A imagem do misterioso agiota martelou mais de uma vez seus pensamentos. 'Eis aí, dizia a si mesmo, quase sem querer, aquele que eu deveria tomar como modelo do diabo!' Imaginem portanto o seu espanto quando, num dia em que trabalhava em seu ateliê, escutou baterem à porta e viu entrar o espantoso personagem. Não conseguiu evitar um estremecimento.

"– Tu és pintor?, perguntou o outro sem cerimônia.

"– Sou, respondeu meu pai, surpreso com o rumo que tomava a conversa.

"– Bom, faça então meu retrato. Talvez eu morra em seguida e não tenho filhos. Mas não quero morrer por inteiro, quero viver. Podes pintar um retrato que pareça absolutamente vivo?

"Melhor não poderia ser, meu pai disse a si mesmo: ele mesmo se propõe a fazer o diabo no meu quadro!

"Combinaram a hora, o preço, e a partir do dia seguinte, meu pai, empunhando sua palheta e seus pincéis, dirigia-se à casa do agiota. Um quintal cercado por muros enormes, os cães, os portões de ferro e seus ferrolhos, as janelas curvas, os cofres recobertos por curiosos tapetes, sobretudo o dono da casa, sentado imóvel a sua frente, tudo isso produziu sobre meu pai uma forte impressão. Cobertas, entulhadas como de propósito, as janelas mal deixavam passar a luz do dia. 'Diacho!', dizia ele, 'seu rosto está bem iluminado neste momento!' E se pôs a pintar raivosamente, como se temesse ver desaparecer aquela feliz iluminação. 'Que força diabólica!', meu pai repetia. 'Se eu conseguir captá-la, ainda que só pela metade, todos os meus santos, todos os meus anjos se tornarão pálidos ao lado deste rosto. Desde que eu seja, ao menos em parte, fiel à natureza, ele irá simplesmente sair da tela. Que traços extraordinários!' Trabalhava com tanto ardor que certos destes traços já se reproduziam sobre a tela. Mas, à medida que os captava, um mal-estar indefinível tomava conta de seu coração. Apesar disso, impôs a si mesmo a tarefa de copiar escrupulosamente até mesmo as expressões quase imperceptíveis. Ocupou-se antes de mais nada de concluir os olhos. Querer traduzir o fogo, o brilho que os animava, parecia uma pretensão louca. Decidiu no entanto perseguir as nuanças as mais fugitivas. Mal começou porém a penetrar seu segredo e uma angústia inominável o forçou a largar o pincel. Em vão tentou retomá-lo por diversas vezes. Aqueles olhos mergulhavam em sua alma e nela produziam um grande tumulto. Viu-se obrigado a abandonar a empreitada. No dia seguinte, no próximo, a atroz sensação se fez ainda mais contundente. Finalmente, meu pai, aterrorizado, largou o pincel e declarou claramente que parava por ali. Teria sido preciso ver como, frente a estas palavras, se transformou o terrível agiota. Ele atirou-se aos pés de meu pai e suplicou que terminasse seu retrato: seu destino, sua existência dependiam disso. O pintor já havia captado seus traços e, se os reproduzisse exatamente, sua vida estaria, por interferência de uma força sobrenatural, fixada para sempre sobre a tela. Graças a isso ele não morreria por inteiro, ele que desejava custasse o que custasse permanecer neste mundo... Este espantoso discurso aterrorizou meu pai. Abandonando seus pincéis e sua palheta, precipitou-se como um louco para fora da sala, e por todo o dia, por toda a noite, a inquietante aventura obcecou seu espírito.

"No dia seguinte pela manhã, uma mulher, o único ser que o agiota tinha a seus serviços, lhe trouxe o retrato: seu patrão, declarou ela, recusava-o e não pagaria nem mais um vintém. Na noite deste mesmo dia, meu pai soube que seu cliente estava morto e que estavam sendo feitos os preparativos para enterrá-lo segundo os ritos de sua religião. Meu pai procurou em vão o sentido deste bizarro acontecimento. Entretanto, uma grande alteração produziu-se em seu caráter: uma grande confusão, cujas causas ele não conseguia definir, transtornavam todo seu ser e a seguir ele fez uma coisa que ninguém poderia esperar de sua parte.

"Há algum tempo, a atenção de um pequeno grupo de peritos voltara-se para as obras de um de seus alunos, do qual meu pai havia desde o primeiro dia percebido o talento e a quem ele prezava acima dos demais. Súbito, a inveja insinuou-se em seu coração: os elogios que eram dirigidos a este jovem se lhe tornaram insuportáveis. E quando soube que haviam encomendado a seu aluno um quadro destinado a uma rica igreja recentemente edificada, seu despeito superou todos os limites. 'Não', dizia ele, 'não deixarei triunfar este fedelho. Ah, ah, já pensas em atirar os velhos para o lado. Vais com muita sede ao pote, meu rapaz! Graças a Deus, eu não sou ainda um inútil, e veremos quem de nós terá que baixar o pavilhão ao outro!' E este homem correto, este coração puro, este inimigo de intrigas manobrou tão bem que o quadro foi colocado sob concurso. Então ele se fechou em seu ateliê para aí trabalhar com um ardor selvagem. Parecia querer se colocar por inteiro em sua obra, o que obteve plenamente. Quando os concorrentes expuseram suas telas, estas, diante da sua, pareceram como a noite diante do dia. Ninguém duvidou que ele deveria levar o prêmio. Mas súbito um membro do júri, um eclesiástico, se estou bem lembrado, fez uma observação que surpreendeu todo mundo.

"– Este quadro", disse ele, "mostra com certeza um grande talento, mas os rostos não respiram nenhuma santidade. Ao contrário, há em seus olhos um não sei quê de satânico. Poderíamos dizer que um sentimento vil guiou a mão do pintor.

"Todos os presentes se voltaram para a tela e a pertinência desta crítica pareceu evidente a cada um deles. Meu pai, que a julgara por demais ferina, precipitou-se para verificar se era justa e constatou com estupor que ele havia dado a quase todas as figuras os olhos do agiota. Estes olhos reluziam com um brilho tão rancoroso, tão diabólico, que ele tremeu de horror. Seu quadro foi recusado e ele teve, apesar de seu inexprimível desprezo, de ver o prêmio ser entregue a seu aluno. Não me permito lhes descrever em que estado de furor ele retornou para casa. Só faltou bater em minha mãe, expulsou todas as crianças, quebrou seus pincéis, seu cavalete, agarrou o retrato do agiota, pediu uma faca que fez arder no fogo a fim de cortá-lo em pedaços e lançá-los às chamas. Um de seus confrades e amigo surpreendeu-o nestes lúgubres preparativos. Era um bom rapaz, sempre feliz, que não se envolvia com aspirações demasiado etéreas, dedicando-se alegremente a qualquer tarefa e mais alegremente ainda a um bom jantar.

"– Que está acontecendo? O que está pretendendo queimar?, disse ele aproximando-se do retrato. Misericórdia, mas é um de teus melhores quadros! Reconheço nele o agiota recentemente falecido. Conseguiste realmente captá-lo como tal, até melhor do que ao vivo, pois, quando vivo, nunca seus olhos olharam deste modo.

"– Pois bem, vou ver que olhar eles terão sob o fogo, disse meu pai, prestes a jogar a tela na lareira.

"– Pare, pelo amor de Deus!... Caso ele te desagrade a este ponto, dê a mim de presente.

"Após tanta insistência, meu pai acabou cedendo e se sentiu subitamente calmo quando seu jovial amigo, exultante, levou a tela. A angústia que lhe pesava sobre o peito parecia ter desaparecido com o retrato. Ficou estarrecido com seus sentimentos, com sua inveja, com a mudança manifesta de seu caráter. Quando por fim examinou seu ato, foi tomado por uma profunda aflição. 'Foi Deus quem me puniu', disse com tristeza. 'Meu quadro sofreu uma afronta merecida. Eu o concebi com o intuito de humilhar um irmão. A inveja tendo guiado meu pincel, este sentimento infernal acabaria por aparecer necessariamente na tela.' Ele saiu à procura de seu antigo aluno, apertou-o fortemente em seus braços, pediu-lhe perdão, procurou de todas as formas reparar seu erro. E em seguida retomou tranquilamente o curso de suas ocupações. Entretanto, parecia cada vez mais sonhador, taciturno, rezava mais, julgava as pessoas com menor rigor. A dura carapaça de seu caráter tornava-se mais doce. Um acontecimento imprevisto veio reforçar ainda mais este estado de espírito.

"Durante um certo tempo, o sujeito que havia levado o retrato não lhe dera sinal de vida. Meu pai estava prestes a procurá-lo quando o outro entrou súbito em seus aposentos e disse, após uma breve troca de gentilezas:

"– Então, meu caro, não estavas errado querendo queimar aquele quadro. Com mil diabos, eu não creio em bruxas, mas este quadro me mete medo! Acredite caso deseje, o maligno passou a residir dentro dele!...

"– Verdade?, fez meu pai.

"– Sem qualquer dúvida. Mal o havia dependurado em meu ateliê, soçobrei na escuridão. Por pouco não estrangulei alguém! Eu, que sempre ignorei o que fosse insônia, não apenas a conheci, mas tive daqueles sonhos!... Eram sonhos ou outro tipo de coisa, nem sei dizer. Um espírito tentava me estrangular e eu acreditava todo o tempo estar vendo o maldito velho! Em resumo, nem posso te descrever meu estado. Nunca me acontecera nada de parecido. Errei como um louco durante muitos dias: sentia sem parar não sei que tipo de terror, que apreensão angustiante. Não conseguia dizer a ninguém uma palavra agradável, sincera, acreditava sempre ter um espião a meu lado. Enfim, quando dei o quadro a meu sobrinho, que o pediu com insistência, senti como se uma pesada pedra abandonasse meus ombros. E como vê, encontrei ao mesmo tempo minha alegria. Bem, meu velho, podes te vangloriar de ter fabricado um belo diabo!

"– E o retrato ainda está com teu sobrinho?, perguntou meu pai, que o escutara com uma atenção contida.

"– Sim, é claro, na casa de meu sobrinho! Ele não conseguiu controlá-lo!, respondeu o alegre amigo. A alma do homem, não há como não acreditar, passou para o quadro. Ele sai da moldura, passeia pelo quarto! O que conta meu sobrinho é verdadeiramente inconcebível e eu o julgaria um louco se eu mesmo não houvesse sentido coisa parecida. Ele vendeu teu quadro a não sei que colecionador, mas este também não o suportou mais e também se desfez dele.

"Este relato produziu uma forte impressão em meu pai. De tanto pensar nele, mergulhou na hipocondria e se convenceu de que seu pincel havia servido de instrumento ao demônio, que a vida do agiota tinha sido, ao menos parcialmente, transmitida ao retrato: ela agora espalhava a confusão entre os homens, inspirando-lhes impulsos diabólicos, condenando-os às torturas da inveja, afastando os artistas de seu verdadeiro caminho etc. Três desgraças acontecidas após esta ocorrência, as três mortes súbitas – de sua mulher, de sua filha, de um filho na primeira infância –, lhe pareceram um castigo dos céus e ele decidiu deixar o mundo. Mal eu havia completado nove anos, fez com que eu entrasse para a Escola de Belas-Artes, pagou seus credores e se refugiou num monastério distante, onde tomou a seguir o hábito. A austeridade de sua vida, sua observância rigorosa das regras monásticas era motivo de júbilo entre os religiosos. O superior, ao perceber que artista hábil era meu pai, pediu-lhe de imediato que pintasse o quadro principal de sua igreja. Mas o humilde monge declarou com franqueza que, tendo profanado seu pincel, era indigno no momento de tocá-lo.

Antes de empreender uma tal obra deveria purificar sua alma através do trabalho e das mortificações. Ninguém ousou contradizê-lo. Ainda que ele projetasse aumentar os rigores da regra, ela lhe pareceu demasiado fácil. Com a autorização do superior, retirou-se para um local solitário e construiu uma palhoça com galhos de árvore. Aí, alimentando-se exclusivamente de raízes cruas, transportava pedras de um lugar para outro e rezava da aurora até o cair do sol, imóvel, os braços erguidos para o céu. Em resumo, ele procurou as práticas mais duras, austeridades extraordinárias das quais não encontramos exemplos a não ser na vida dos santos. E durante muitos anos mortificou desta forma seu corpo, fortificando-o através da prece. Um dia por fim ele retornou ao monastério e disse num tom firme ao superior: 'Eis que estou pronto: se apraz a Deus, conduzirei minha obra a um bom termo'.

"Escolheu como tema o *Nascimento de Nosso Senhor*. Fechou-se por longos meses em sua cela, fazendo uso apenas de uma alimentação simples, trabalhando e rezando. Ao final de um ano o quadro estava terminado. Tratava-se realmente de um milagre do pincel. Ainda que nem os monges nem o superior fossem grandes conhecedores de pintura, a extraordinária santidade dos personagens deixou-os estupefatos. A doçura, a resignação sobrenatural com as quais impregnara o rosto da Santa Virgem debruçada sobre seu divino Filho; a sublime inteligência que animava os olhos, voltados em direção ao futuro, o Deus-Menino; o silêncio solene dos Reis Magos prostrados, embaraçados diante do grande mistério; a santa, a indescritível paz que envolvia todo o quadro; esta serena beleza, esta grande harmonia produziam um efeito mágico. Toda a comunidade caiu de joelhos diante da nova imagem santa e, tomado pela comoção, o superior exclamou:

"– Não, o homem não pode criar uma tal obra apenas com os recursos da arte humana! Uma força santa guiou teu pincel, o Céu abençoou teu esforço.

"Eu havia precisamente acabado meus estudos. A medalha de ouro obtida na Escola de Belas-Artes me abria a agradável perspectiva de uma viagem à Itália, o mais belo sonho para um jovem de vinte anos. Não me restava mais do que despedir-me de meu pai. Não o via há doze anos e confesso que até mesmo a sua imagem se havia apagado de minha memória. Vagamente conhecedor de sua austeridade, eu esperava encontrar nele o rude aspecto de um asceta, estranho a tudo no mundo, exceto à sua cela e a suas orações, ressecado e esgotado pelo jejum e as vigílias. Qual não foi minha estupefação quando me vi diante de um velho muito bonito, quase divino! Uma alegria celeste iluminava seu rosto, no qual o esgotamento não havia ainda impresso suas marcas. Sua barba de neve, sua cabeleira rala, quase etérea, com o mesmo tom prateado, se espalhava pitorescamente sobre seus ombros, sobre as dobras de seu hábito negro, e caía até a corda que cingia sua pobre veste monástica. Mas o que maior surpresa me causou foi ouvi-lo pronunciar palavras, emitir juízos sobre arte que estão para sempre gravados em minha memória e dos quais eu gostaria que meus confrades tirassem igualmente proveito.

"– Eu te esperava, meu filho, disse-me quando me inclinei para receber sua benção. Eis que se abre à tua frente a rota onde tua vida vai doravante se engajar. É uma via nobre, dela não te afastes. Tu tens talento. O talento é o dom mais precioso do céu. Não o dilapides. Pesquise, estude tudo que vires, submete tudo a teu pincel. Mas que saibas encontrar o sentido profundo das coisas, buscando penetrar o grande segredo da criação. Feliz o eleito que o possui. Para ele nada há de vulgar na natureza. O artista criador é tão grande nos temas mais ínfimos quanto nos temas mais elevados. O que foi vil não o é mais graças a ele, pois sua alma transparece mesmo através de um objeto inferior, o qual, por ter sido purificado ao passar por ele, adquire uma nobre expressão... Se a arte está acima de tudo, é porque o homem encontra nela algo como um tira-gosto do Paraíso. A criação predomina mil e uma vezes sobre a destruição, uma nobre serenidade sobre as vãs agitações do mundo. Tão só pela inocência de sua alma radiante um anjo domina os orgulhos, as incalculáveis legiões de Satã. Da mesma forma a obra de arte ultrapassa em muito todas as coisas aqui de baixo. Sacrifique tudo à arte. Ame-a apaixonadamente, mas com uma paixão tranquila, leve, livre das concupiscências terrestres. Sem ela, de fato, o homem não pode se elevar acima da terra, nem fazer com que se ouça os sons maravilhosos que trazem a calma. Ora, é para tranquilizar, para pacificar, que uma grande obra de arte se manifesta ao universo. Ela não saberia fazer soar nas almas o murmúrio da revolta – é uma prece harmoniosa que tende sempre para o céu. Entretanto, há minutos, tristes minutos...

"Ele parou de falar e vi algo como uma sombra passar sobre seu rosto claro.

"– Sim, retomou ele, houve em minha vida um acontecimento... Eu me pergunto ainda quem era aquele de quem pintei a imagem. Parecia verdadeiramente uma encarnação do diabo. Eu o sei, o mundo nega a existência do diabo. Eu silenciarei a respeito. Direi apenas que o pintei com horror, mas pretendi, custasse o que custasse, superar minha repulsa e, sufocando todo sentimento, me manter fiel à natureza. Este retrato não chegou a ser uma obra de arte. Todos que o olhavam sentiam um violento abalo, a revolta rugia neles. Um tal estrago não é no entanto efeito da arte, pois a arte respira a paz mesmo na agitação. Disseram-me que o quadro passa de mão em mão, causando em todos os lugares cruéis devastações, abandonando o artista às sombrias fúrias da inveja, do ódio, lhe inspirando a sede cruel de humilhar, de oprimir seu próximo. Digne-se o Mais Alto a te preservar destas paixões, não são no entanto as mais cruéis. Mais vale sofrer mil e uma perseguições do que infligir a um outro a sombra de uma decepção. Salve a pureza de tua alma. Aquele em quem reside o talento deve ser mais puro do que os outros: a estes muito será perdoado, mas a ele, nada. Se um veículo espirra lama sobre um homem paramentado com roupas de festa, logo a multidão o rodeia, mostra-lhe o dedo, comenta sua negligência. Entretanto, esta mesma multidão não observa as numerosas manchas em outros passantes vestidos com roupas ordinárias, pois sobre estas vestimentas escuras as manchas não são visíveis.

"Ele me abençoou, me apertou contra o coração. Jamais eu havia sentido um emoção tão nobre. Foi com uma veneração mais do que filial que eu me apertei contra seu peito, que beijei seus cabelos prateados, livremente derramados. Uma lágrima brilhou em seus olhos.

"– Receba, meu filho, uma prece que vou te dirigir, me disse no momento do adeus. Talvez venhas a descobrir em algum lugar o retrato do qual te falei. Tu o reconhecerás de imediato pelos seus olhos extraordinários e seu olhar sobrenatural.

"Julguem os senhores se eu teria condições de negar juramento a este desejo. Nestes quinze anos jamais me aconteceu encontrar qualquer coisa que lembrasse, por pouco que fosse, a descrição feita por meu pai. E eis que, súbito, neste leilão..."

Sem terminar sua frase, o pintor voltou-se para o retrato fatal. Seus ouvintes o imitaram. Qual não foi sua surpresa quando perceberam que ele havia desaparecido! Um murmúrio sufocante percorreu a multidão e foi então escutada claramente esta palavra: "Roubado!". Enquanto que a atenção unânime estava suspensa pelas palavras do narrador, alguém havia sem dúvidas conseguido furtá-lo. Os presentes ficaram por momentos estupefatos, idiotizados, não sabendo se haviam realmente visto aqueles olhos extraordinários ou se seus próprios olhos, fatigados com a contemplação de tantos velhos quadros, haviam sido joguetes de uma vã ilusão.

(1841-42)

COLEÇÃO 64 PÁGINAS

120 tirinhas da Turma da Mônica – Mauricio de Sousa
Antologia poética – Fernando Pessoa
A aventura de um cliente ilustre seguido de *O último adeus de Sherlock Holmes* – Sir Arthur Conan Doyle
Cenas de Nova York e outras viagens – Jack Kerouac
A corista e outras histórias – Anton Tchékhov
O diabo – Leon Tolstói
Fábulas chinesas – Sérgio Capparelli e Márcia Schmaltz
O gato do Brasil e outras histórias de terror e suspense – Sir Arthur Conan Doyle
Missa do Galo e outros contos – Machado de Assis
O mistério de Marie Rogêt – Edgar Allan Poe
A mulher mais linda da cidade – Charles Bukowski
O retrato – Nicolai Gogol

UMA SÉRIE COM MUITA HISTÓRIA PRA CONTAR

Alexandre, o Grande, Pierre Briant | **Budismo**, Claude B. Levenson | **Cabala**, Roland Goetschel | **Capitalismo**, Claude Jessua | **Cérebro**, Michael O'Shea | **China moderna**, Rana Mitter | **Cleópatra**, Christian-Georges Schwentzel | **A crise de 1929**, Bernard Gazier | **Cruzadas**, Cécile Morrisson | **Dinossauros**, David Norman | **Economia: 100 palavras-chave**, Jean-Paul Betbèze | **Egito Antigo**, Sophie Desplancques | **Escrita chinesa**, Viviane Alleton | **Existencialismo**, Jacques Colette | **Geração Beat**, Claudio Willer | **Guerra da Secessão**, Farid Ameur | **História da medicina**, William Bynum | **Império Romano**, Patrick Le Roux | **Impressionismo**, Dominique Lobstein | **Islã**, Paul Balta | **Jesus**, Charles Perrot | **John M. Keynes**, Bernard Gazier | **Kant**, Roger Scruton | **Lincoln**, Allen C. Guelzo | **Maquiavel**, Quentin Skinner | **Marxismo**, Henri Lefebvre | **Mitologia grega**, Pierre Grimal | **Nietzsche**, Jean Granier | **Paris: uma história**, Yvan Combeau | **Primeira Guerra Mundial**, Michael Howard | **Revolução Francesa**, Frédéric Bluche, Stéphane Rials e Jean Tulard | **Santos Dumont**, Alcy Cheuiche | **Sigmund Freud**, Edson Sousa e Paulo Endo | **Sócrates**, Cristopher Taylor | **Tragédias gregas**, Pascal Thiercy | **Vinho**, Jean-François Gautier

L&PMPOCKET**ENCYCLOPAEDIA**
Conhecimento na medida certa